〜はんなり京都〜

お通り男史 浄化古伝

京大路

～はんなり京都～
お通り男史 浄化古伝

人が歩いて道はでき、人の知らぬ間に道には神が宿るもの。

その昔——今の世で言うところの平安時代。

それがすべての始まりであった。

それは人間にとっても『彼等』にとっても苦難の時代の幕開け。そして、その本当の原因を知る人間は誰一人として存在しない。だが『彼等』だけは知っている。いや、今では『知っていた』という方が正しいのかもしれない。

京の都に災厄をもたらす謎の物質『澱（よど）』が大量発生した。すると、さらにそれらが集まり、ひとつの『澱闇（よどやみ）』に成長し、疫病神を呼ぶ……。

疫病神というのは、現代でもおそらく誰もが名前くらいは知っている、ある意味で最も有名な神のひとりだろう。その名の通り様々な災いをもたらす神だ。それがかの時代に現れてしまったために、疫病が蔓延（まんえん）し、大火が幾度も起こるなど、多くの人々が苦しんだ。

それこそが、人間の記録には残ることの無かった、真実の平安の世の歴史なのだ。

そして今、再び巨大な危機が迫ろうとしていることを知る人間もまた、いない——。

事始め　プロローグ

「あの頃と似ておるな……」

丸太町が、額に乗せていた猫の面を顔の位置にまで下げながらひとり呟く。

ここは現実世界の京都と表裏の世界、京。

彼が今いるのは鴨川にいくつもかかる橋のひとつ丸太町橋だ。

そこから見える東山三十六峰を望む美しき景色は、人間の世界と何ら変わらない。

ただ違うのは、より眺めを楽しめるようにと作られた橋の中央部にあるバルコニーが、京の古いデザインの橋には無い。

あれがこちらにもあればいいのに、と丸太町は日頃より思っていた。

だが、今はそんなことすら思う余裕も無い。

京都の街を東西、南北に走る通りの化身である通神、その主上たる彼はいち早く近頃の異変に気付き、危惧していたのだ。

先日、彼が人間の世界の丸太町通で安寧を祈るお役目を終えた際、京都御苑に面した交番の近くに、ほんの小さな空間の歪みを見つけたのである。

それは握り拳ほどの大きさではあるが、通りの一部の中空の景色を歪ませて、不自然に浮かんでいた。

「よりによってこんなところに——」

遥か昔、平安時代と呼ばれるそのときにも彼はこれを見たことがある。

これはよくない兆候……それどころか、すでにとてつもなく最悪の状況である。

あの悪夢のような出来事など、決して二度と起こしてはならない。

そんな危機感が一瞬で身体中を駆け巡り、背筋に凍るような悪寒が走るのを覚えていた。


そして数日後。

この日も同じ場所へ観察しに行ってみると、歪みは心なしか、わずかに大きくなっているように感じられた。

これは間違いなく疫病神が現れる前兆である。

確かに、人間の世界——京都の街を歩くと、そこかしこに黒い靄が溜まっていることに気が付いた。

「よど……そうじゃ、この靄のようなものを、確か『澱』と呼んでおった。日々のお役目で祈りを捧げておるが、それだけでは追い付かぬほどの速さで増加しているのじゃろうて。はて困ったことになった……」

このまま京都に澱が溜まり続ければ、それは巨大な澱闇となり、再び平安時代に起きた悲劇が繰り返されてしまう。

ところで近頃、大切だったはずの記憶がところどころ欠けているような感覚があるのを、丸太町は自分のことながら不審に思っていた。

ましてや、大切だったという想いだけは残っているから余計に性質が悪い。

「なぜ思い出せぬ……思い出さねば、この京都はどうなるんじゃ……」

お役目の祈りは、すでに発生してしまった澱に対しての効果は薄いようだった。

もはや、手立てはないのかと思ったが、屋敷に戻る道すがら、丸太町は彼の付き人であり傍を歩く綾小路に尋ねてみることにした。

「綾は澱——最近よく通りに溜まっている黒い靄のようなものに気付いておるか？」

その問いに、まるで女性のように可愛らしい容姿の彼が丁寧な口調で答える。

「ええ。以前より気になっており、早く浄めなくてはならないものだとは認識しております」

「そうじゃ。しかし祈りだけではもはや足りぬ。よい手立ては無いものかのう」

すると、綾小路はゆっくり視線を左右に移しながら、しばし思考を巡らせた後、桜色した美しい髪を揺らしながら首を横に振った。

「……申し訳ありません。私にはわかりかねます」

「ふむ……急がねばならぬというのに、どうしたものか……」

丸太町は深く溜息をつくと、悔しそうに奥歯を噛み締めた――。


そんなある日の夜のこと。

とある景色が、妙に実感を伴って丸太町の脳裏に浮かんできた。

それは、夢だと自覚できているが、しかしどこか懐かしさを覚えることから、実際に過去にあった出来事であろうと推察されるものであった。

丸太町は誰かと手を繋ぎ、通りを歩いている。

自然と心が休まる手の温もりが感じられていた。

（これは誰の手だったかの……）

隣を歩く何者かの方を振り向こうと強く思ってみる。

すると視界が、そちらにゆっくりと移っていくのがわかった。

だが、もう少しでその者の顔が目に入りそうになった瞬間、逆光となって影となり、判別できなくなってしまう。

（もっとよく顔が見たい。そなたは誰じゃ？）

そう願ったところで、逆光でできた影が澱のような靄になり全体を黒く塗りつぶす。

そこで夢は途切れ、目が覚めてしまった。

（手を繋いだ儀式のような行いと、あの者……それに、記憶と澱にも何か関係がありそうじゃな）

丸太町の深層心理が『これはどうしても思い出さなければならない』と警鐘を鳴らしているが、他には何も思い出せない。

そんな夢を見た日は一日中、悶々と過ごしていたが、夕方を迎える頃、丸太町と同じように浮かない顔をした金髪の小柄な少年——東洞院が訪ねてきた。

普段は天真爛漫な彼がこんなに難しい顔をしているのは珍しいことだ。

「おかみぃ～……最近みんながおかしいんだ。あ、麻呂もなんだけどさぁ……」

「ふむ、なにがどうおかしいのか申してみよ」

「うーん、何て言ったらいいのかわかんないけどぉ……例えばぁ、今朝ね、河原町を呼び止めたら『貴様誰だ？』っていうんだよ？ すぐにいつもの河原町に戻ったけどさぁ。それにむろ～がね、毎日日課にしている新町の身支度を忘れちゃったりぃ……むろ～、ときどきボーッとしてるんだよね。おかみぃ、これってどういうことなのかなぁ？」

東洞院が「むろ～」と呼ぶのは室町のことだ。

もちろん彼等の関係や日課のことも丸太町はよく知っている。

それだけに、事態の深刻さは誰よりも理解できた。

どうやら丸太町だけでなく、他の通神にも澱による症状が現れているようだ。

しかし、綾小路と同じように澱の対処法について東洞院に尋ねてみても、やはりなにも知らないようだった。

「……なるほど。いや、近頃そのような通神が増えているのは、わたくしも把握しておる。物忘れについては、おそらく澱による影響やもしれん。しかし――」

東洞院の相談に乗りながら、丸太町はハッとして目を見開く。

「なぁに？　どうかしたの……？」

丸太町の急な反応を見て、不思議そうに首を傾げる東洞院。

しかしこのとき、丸太町はひとつの可能性を見出していた。

あの夢はもしかしたら、今こそ必要な、通りを浄化する方法だったのではあるまいか。

その思考に辿り着いてみると、自分でも意外なほどしっくりきた。

そして、もしそうであれば、これほど重要なことなのだから、なにかしらの書物にまとめて保管してあってもおかしくはない。

「……確認してみる必要があるのぅ」

そうして、丸太町はすぐにその場で綾小路を呼び出し、東洞院も含めた2条に命じた。

「澱の対処法が記された書物を探し出すのじゃ！」

主上に言われてすぐに書庫にやってきた、東洞院と綾小路。

中に入ると自然に明かりが灯る。

「こっちです」

綾小路が東洞院を伴い奥へと案内する。

「ここに収められている書物は、奥に進めば進むほど古いものになっていきます」

大きな書庫の通路を2条でずいぶんと歩き、ようやく綾小路が足を止めた。

「ここから先が、すべて平安時代の書物のはずです」

「よ～し、麻呂、がんばるよぉ！」

ここから先と言われても、まだ奥は見えない。

そして目に見えるだけでも、書物は相当な数があった。

ただ、その多くは歌や物語など関係無いものばかり。

それでもはじめは、意気揚々と手当たり次第に漁っていた。

が、それも長くは続かず、しばらく経って東洞院が溜息まじりに弱音を漏らした。

「ねぇ、あるのかもわからないものを探すって、大変だよねぇ……」

「主上があると仰ったのです。必ず、あります」

「うぇぇ……」

こんなやりとりを何度も繰り返しながら、書物を開いてパラパラとめくり、閉じて棚に戻しては次の書物を手に取る作業を続ける。

するとと、ちょうど日付が変わる頃。

「東」

「ひゃあっ！」

単調な作業に慣れ切ってしまっていた東洞院が、後ろからいきなり声をかけられるという思わぬ出来事に、おかしな声を上げて飛び跳ねる。

よく見ると、背後にいたのは東洞院と瓜二つの双子、西洞院（にしのとういん）だった。

「ちょっとぉ、にいさま、全然気付かなかった。おどかさないでよぉ……」

「……いや、驚いたのはこっちだ。東の帰りが遅いから、主上に尋ねたんだ。そうしたら、ここに居るというので来てみた」

「えへへ～、にいさま、麻呂のこと心配してくれてたんだぁ」

「当たり前だ。それより、こんな時間までなにをしている」

そんな西洞院の疑問に、綾小路が事の成り行きを丁寧かつ事務的に説明してやる。

すると西洞院も「なるほど」と言って、彼等を手伝うことにした。

明け方が近くなった頃、とうとう東洞院は座り込んでしまう。

西洞院も瞼が落ちそうになりながら、ゴシゴシと目をこする回数が増えていた。

「……今日のところはこのくらいにしましょうか」

綾小路の提案に、東洞院と西洞院も少しホッとした顔を浮かべる。

ただ、一度休むとなると、すぐに目的が達成されなかった悔しさが沸き起こってきた東洞院は、戻りかけに後ろ髪を引かれた様子で立ち止まり振り返った。

そして蔵の入り口から書庫の奥に向かって、二本の指をかざし呟いたのである。

「清水の音羽の滝に願掛けて、失せたる書物のなきにもあらず――」と。

彼はこの文言を三回繰り返し唱えた。

これは、京都清水寺の音羽の滝の、探し物が出てくると言われるおまじないの言葉だ。

現代でも、京都の人が呟くこともある有名な願掛けだ。

彼等通神が口にすれば、それは言霊となり、人間が言うより幾分効果は高いだろう。

しかし、振り返った西洞院は東洞院に呆れ顔を向けていた。

「東、気持ちはわかるが、探している書物がどのようなものなのかを知らなければ、効果は無いと思うぞ――」

そのとき、遠くの本棚の一か所からまばゆい光が放たれた。

一冊の書物が、まるでここだと言わんばかりに輝き始めたのだ。

それを見た一同は、先ほどまでの疲れも忘れて我先にと光の出所に駆けていく。

そして、東洞院が一番乗りで書物を手に取り、興奮した様子で中を開いた。

「これだぁ～！」

思わず大声で喜びを露わにする東洞院。

西洞院と綾小路もホッとした表情を浮かべ、顔を見合わせた。

『我、先の世の危機を救うべくここに儀式の法を記す』

書物の最初の頁には、このような文章が綴られていた。

その横には、おそらく筆者の署名が書かれていたのであろう形跡が見られる。

「あちゃ～。ここ、誰の名前が書いてあったんだろぉねぇ」

「ここにあるということは通神の中の誰かかもしれませんね……。それより――」

今はむしろ、そんなことよりも中に書かれている内容の方が重要である。

せっかく見つけた書物の肝心の中身が読めませんでした、では話にならない。

そう危惧した綾小路は東洞院から書物を受け取り、ざっと中身の確認をする。

そこには『浄歩(じょうほ)』という儀式について、詳しく記されていたのである。

「筆者は通りの浄化について必要な事柄を詳細にまとめてくれているようですね」

「え～、詳細って何て書いてあるのぉ？」

「まず、主上の仰っていた『澱』というものの正体についてですが、これは人間の悪意や悲しみなど、いわゆる負の感情から発生するものらしいです」

「そして、その澱が一定以上集まると、ひとつの巨大な『澱闇』に進化してしまい、『疫病神を呼び寄せる』という性質だと書いています」

「人間の負の感情……」

「何だか、怖いね～」

「それから……澱闇は疫病神と一体化し、その土地に様々な厄災をもたらす、そうです。それが疫病なのか、天災なのか、はたまた凶悪犯罪なのか、どのような悪い出来事が起こるのかは、そのときになってみないとわからないとも書かれていますね」

「このまま放っておくと、人間の世に恐ろしい事態を招くということか」

「『澱闇』についての注意点も書いてあります。澱闇自体も、浄化しようとすると抵抗し攻撃する……」

「攻撃してくるの～、麻呂たちで戦えるのかなぁ……」

「なんとしても澱の状態のうちに浄化してしまうのが、賢い選択と言えそうですね」

ここまで2条に内容を説明した綾小路が、真剣な表情で呟く。

「それで、肝心の浄化の方法は？」

西洞院が促す。綾小路は頷いてそれに応え、頁をめくった。

「――『浄歩』の方法……」

だが、先を読み進めていくと、次第に綾小路の顔が曇っていった。

「なになにななぁに？　麻呂たちにも教えてよぉ！」

「これは、由々しきことになりそうです……」

綾小路が懸念したのは、書物に書かれた次の一文である。

『浄歩は通神のみで行うものにあらず。神和となりし人間と共に行うものなり』

今、通神は人間との深い交流は禁じられていた。

通りの安寧を望む通神は、基本的に人間に対し好意を持っている。

だが、通神が特別な力を使わない限り、そもそも人間にはその姿が視えず、神の方から人間に影響を与えすぎてしまうと、人間の自立を妨げることに繋がりかねない。

よって、人の世は人の世、京は京、表裏一体の存在であるがゆえに、彼等は見守る者として、互いに干渉しすぎないことがよしとされていたのである。

それが、まさか浄化のために、人間の力を借りなければならないとは……。

「へぇ、『神和』っていう人間と一緒にするんだね！　それで、どうやってやるの？」

この場で、自分たちだけでこの先を読んではいけないと判断した綾小路は、書物を閉じる。

「えぇー、どうして閉じちゃうのー」

「まずは主上に読んでもらい、指示を仰ぐべきだと判断しました。東洞院、西洞院。ここまで読んだ内容は絶対に他言無用です。そして、くれぐれも勝手に神和を探しに行こうなんて思わないように。必要があればこちらから指示しますから」

「え～、わかったよぉ……」

「ああ。東のことは余が見張っておく」

「頼みましたよ」

　書庫を出る前に綾小路はそれだけ言い残すと、書物を手に持って、もう朝日が顔を出している丸太町屋敷の庭園を、若干ふらつく足取りで歩いていった。


　再び東洞院と西洞院が丸太町屋敷に呼び出されたのは、その日の昼過ぎのことだった。

「ふむ……ここに記されておる浄歩なる儀式……再現してみるかの」

　今、ここには他に、例の書物を読む丸太町と、緊張の面持ちで座る綾小路がいる。

「しっ、しかし主上。人間と関わるというのは――」

「じゃが、各通りに蔓延る澱を、そのままにしておくわけにもいかぬ」

「それは、そうですが……」

「事は急を要する。現状、方法がこれしかないのじゃ……仕方あるまい」

　綾小路も丸太町にここまで言われてしまっては、反論することなどできない。

　丸太町は落ち着いた様子で、一度書物を閉じた。

「しかし、通神の中には綾のような反応をする者もおるであろう。しばらくはここにおる者のみで、内密に事を進めたいものだが、誰から行うべきか……」

「はい！　はぁ～い！　麻呂、やりたぁい！」

「ふむ……であれば、西洞院も共に行うがよい。双子であるそなた等は、一緒に浄化した方がなにかと都合がよいこともあろう」

「やったぁ！」

東洞院は満面の笑みで大喜びする。

その隣では、自分までもと思っていなかった西洞院が、ぽかんと口を開けていた。

丸太町は書物の頁をパラパラとめくり、『神和について』の記述を改めて確認する。

「神和となることのできる人間には、条件があると書かれておる。ひとつ、わたくしたちが力を使わずとも、わたくしたち通神のことが視え、話ができる人間。ひとつ、京都を愛している人間。ひとつ、大切な人がいる人間。まずは、このような者を探さねばならぬな」

「わかったぁ！　行こう、にいさま！」

「あっ、おい、余はまだ心の準備が――」

「心の準備ぃ？　そんなの探しながらできるでしょー。善は急げ～だよ！」

クールな西洞院が珍しく慌てているのも構わず、東洞院はすぐさま双子の兄の手を引いて、丸太町屋敷を飛び出し、人間の世界の京都へと向かって行った。

そして、残された綾小路は、丸太町の提案にすぐさま反応できなかった自分を若干後悔しつつ、主上に尋ねた。

「……まずは主上か私でなくてよかったのですか？」

だが、丸太町は穏やかな笑みを浮かべるだけで、その質問には答えなかった。

「茶を淹れてくれぬか、綾」

「……かしこまりました」

丸太町の視線の先、東洞院が開け放ったままの障子の向こうには、京の晴れ渡った青空が見える。

通神たちの不安も、あの空のように晴れる日が来ることを丸太町は願っていた——。

第一章　人生の逃避行

「麻呂、もうくじけそうだよぉ～」

東洞院は今、快晴の青空の下、京都駅前に白くそびえ立つ京都タワーを見上げながら、途方に暮れていた。通りを清める儀式である浄歩が楽しそうで、勢いで「やってみたい」と手を挙げてみたはいいものの、肝心の神和を探し始めて、はや数ヶ月の時が経ってしまっている。

そして、この日も双子の兄・西洞院と手分けして、京都の街をウロウロしていた。しかし、一向に彼のことが視えて、話もできる神和などという人間は現れない。行く人来る人に声をかけてみたり、目の前で手をパタパタ振ってみたりと、彼なりに努力はしているつもりなのに、だ。

「あーあ……もしかして、本当は神和なんて存在しないんじゃないかなぁ……」

ところで、通りのあちこちに結構な量の澱が溜まっているのも、彼は気にしていた。神和を探し始めてからも、新しく小さな澱が生まれている。

「あ、また新しい澱、見つけたぁ……早くなんとかしなきゃいけないのに」

東洞院は首を左右にブンブン振り、改めて顔を上げた。

「書物が出てきたんだから、神和だっているよ！」

「麻呂が、ぜったいに神和を見つけて浄化してみせるもん！」

彼は言葉で自らを奮い立たせ、再び歩き始めた。

ただ、彼の中で、丸太町（まるたまち）に疑問が無いわけでもなかった。

『もし神和を見つけても、あまり深くは関わりすぎぬように』

主上（おかみ）は東洞院と西洞院に、このように命じていた。

だが、それがどうにも、東洞院からすると納得がいかない。

なぜなら、通神（とおりがみ）のことが視える人間——そんな存在と出会ったことなど、彼の記憶には
全く無かったからだった。

「でも、記録が残ってるってことはぁ、昔もいたってことだよねぇ……？」

「麻呂が忘れちゃってるのかなぁ？」

もし今も本当に神和がいるのであれば、会ってたくさん話したい。

主上に釘を刺されていても、彼の胸の内ではそんな好奇心の方が強く勝っていた。

その期待をわずかな原動力に変え、京都駅烏丸（からすま）口の前で東洞院がキョロキョロと周囲
を見回し、うんうんと頷く。

「今日も人がいっぱいだぁ！　よーし。おーい！　麻呂が視える人は手ぇ挙げて！」

案の定、誰もが無視。この事実を前にして、せっかく上がりかけたやる気も一瞬でへし折られ、肩を落とす。大勢いる中で叫ぶなんてことは、毎日やっているのだ。

「トホホだよぉ……こんなのが毎日だと、麻呂だって落ち込んじゃうんだから」

そのまま駅前の塩小路通を東に向かってトボトボ歩き、烏丸通を渡り東洞院通へと入る。いつからかなんとなく決まっていった巡回ルートの締めとして、彼は自分の通りを歩くことに決めていた。

京都電気鉄道事業発祥地の石碑のある交差点を渡れば、そこはもう彼の通り。

まだこの辺りは人が歩いているが、東洞院通は七条通を越えたところで道幅が狭くなり、五条通辺りまでは静かな通りとなる。

もちろん、道行く人にいちいち声をかけてみることだけは忘れない。

ところが、この日の東洞院通は人出が少なめであった。

というわけで、東洞院はサクサクと通りを北上していった。

「やっぱり四条通越えたところからは人が多いよねぇ……。あれれ？」

東洞院が増え続ける溷に視線をやりながら歩いていると、緑豊かな御射山公園の前にある電信柱の根元の地面を凝視している、若い女性が見えた。

もう少し近付いてみると、女性の視線の先には黒い靄――。

「えっ、もしかして瀕が視えてる人間なの⁉」

東洞院はハッとして目を丸くする。彼はその真偽を確かめるべく、女性に向かって足早に走り出していた。そんな彼の様子は、さっきまでの重苦しい雰囲気から一転し、自然と期待に満ち溢れた輝く笑顔を浮かべていた。


開放的でモダンな構造の京都駅にあたたかな太陽光が差し込んでいる。空は春らしい快晴。京都タワーを望む空中経路を歩き、東側のエスカレーターを降りる。そこからの見慣れない景色を見ると、旅行に来たんだなという実感を得ることができた。

それなのに、私、朝川希（あさかわのぞみ）はただ今絶賛、道に迷い中だった。……といっても、本当に迷子になっているわけではない。

ただ今絶賛とは、『使えない子』の烙印（らくいん）を押されて、誰からも必要とされない人生の迷子真っ只中ということだ。そんなリアルから逃れて、やって来た京都。

バス停に並ぶ楽しそうな家族連れや、恋人同士、友達同士を横目に、私はこの旅行のために買った小さめのキャリーバッグを転がしながら、足早に駅前を離れることにした。

マイナス思考を抱えた私の足は、自然と人気の少なそうな道へと赴いた。

しばらく歩いていくと、『東洞院通』と通りの名前を示す看板があった。駅の近くは両側二車線あった道も、気付けば一方通行一車線と狭くなっている。周囲を見回すと古そうな建物も多い。

（ああ……今の私には、歴史の面影が感じられる、こぢんまりとしたこの道が居心地よい。地下鉄とかバスもいいけど、こうやって歩くのもいいよね）

京都の道というのはありがたい。碁盤の目にできているから、とりあえず進行方向さえ合っていれば、多少違う道を使っても目的地付近には辿り着ける。

あと、おもしろいのが住所の書き方。旅館への行き方を調べたり、観光ガイドを読んでいたときに気付いたのだが、「東洞院通錦小路上ル」とか、通り名が基準になっている。

そう、なにも考えずに、行きたいところへ行ってしまえるのだ。

「えっと……ここからのルートは、と」

一度立ち止まり、スマホでマップを開く。

まず、錦市場にほど近い老舗旅館にチェックイン。それから散策。これからの数日をかけて見て回りたい場所も、ざっくりとリストアップ済みである。途中で気になったところにも立ち寄れるくらいの、ゆったりプランを練ってきた。

「んん……？」

道順を確認して再び歩き出そうとすると、少し違和感を覚える。

どうも視界の様子がおかしい。通りのあちこちに黒いモヤがかかっているように見える。

いや、実はさっきから見えてはいた。ただ、一度立ち止まって落ち着いて、ようやくそれを気にする余裕が生まれただけだ。

「長旅で疲れてるのかな……？」

それでも歩行に問題は無いから、念のため速度はやや落としつつ歩き出す。

直進、直進、人通りも多くなり、大きな通りも渡ってさらに直進。

ところが緑豊かな公園の脇、通りの端の一本の電信柱が近付いたそのとき。さすがにこれは見過ごすことができない。電信柱の根元に、ブラックホールみたいにゆっくりと渦を巻く、バスケットボールくらいの黒いモヤが『落ちていた』。それは、さっきまで見えていたような視界の曇りと勘違いする程度のものではなく、ハッキリクッキリそこにある。

「なんだろう、これ……」

私は電信柱の前まで歩いていき、膝に両手をついて屈む。そして、間近でそのモヤを凝視する。こんな現象がこの世の中に存在するなんてことも、聞いたことが無い。

私はそれを放っておくことにして、先へ進むことにした。だけど、ちょっと嫌な感じがしたので、お気に入りのロングスカートがそのモヤに触れないよう裾を押さえながら。

そのときである。

「ねえねえ、そこの君！」

「え——？」

本能的に、なぜか私が呼ばれた気がして、声が聞こえた方向に振り返ってみると、私の目の前には、満面の笑みを浮かべた金髪の少年が立っていた。

「えっと……私に、なにか……？」

「うわぁ、『濵』だけじゃなくて、本当に麻呂のことも視えるんだ！」

少年は、私の周りを飛び跳ねながら、全身で興奮している様子。

どういう状況なのか、まったく把握できない。この子の言葉の意味もわからない。

それにしても昔のお公家さんのような、なんだか変わった形の和服を着ている。辺りを見回したところでお祭りっていう雰囲気でもないから、神社の子とかなのかな……？　と、そんな疑問を頭の中で巡らせていると、その瞬間、いきなり少年が私の手を握り、有無を言わさず走り出した。

「え！　ちょっと待って！　私のキャリーバッグ、置きっぱなし！」

そんな私の抗議もお構いなしに、少年は私の手を握ったまま走り、そして小さな路地へと急カーブする。

「スカートの裾、踏んじゃうからっ！」

それでもなんとか付いていこうとして、遠心力で大きく横に振られる――。

「通仕る（とおりつかまつる）！」

彼が叫んだ。

すると、急に眩暈を起こしたかのように、辺りの景色が歪む。

ただでさえ転びそうになっているのに、これでは受け身も取れず大怪我しかねない。

第一、私には、咄嗟に受け身を取るような運動能力は無い！

歪んだアスファルトの地面がスローモーションで近付いてくる。

私はせめて、これからやって来るであろう痛みを覚悟した——。

すると、視界にあったアスファルトが霞のように消え去り、土の地面が浮かび上がってきた。まるで時が止まった世界を、私だけが自由に動いているように、倒れかけた姿勢のまま視線を移す。

近くにあった電信柱が消滅する。周囲のビルやマンションが溶けていき、時代を感じさせる古い一軒家へと変わっていく。

しかし、いよいよ身体は地面と接触しそうになったので、私はギュッと目を閉じた。


「あれ……おかしいな。どこも痛くない」

転んだ衝撃すら感じられない。

恐る恐る瞼を開けてみると、私は道の真ん中に立っていた。

だけど、ここは先ほどまでいたはずの京都の街並み、ではない。

建物の並び方や道幅といった雰囲気は、さっきまでいた東洞院通と照らし合わせてみると共通点が多いが、その景色の至るところに現代と過去、それも時代劇に出てくるような大昔がミックスされたような、不思議な街の風景が広がっていた。

「どっ、どこなの、ここは！　なんで私は連れて来られたわけ⁉」

私がアワアワと混乱している様子を見て、ここに連れてきた張本人の少年が、子供をあやすかのようにデンデン太鼓を鳴らす。

「ほーら、落ち着いて〜。麻呂はあやしい者じゃないからねぇ〜」

「いや、待って。それ、全然落ち着かないから。だいたい私、もういい大人だし。そんなもので……って、あれ？」

「どう？」

「あ、うん……落ち着いたかも」

なんだか不思議と、少しずつ思考が整理されてきた。ついさっきまでは、いろんな感情と考えで頭の中がグチャグチャになってたのに。無理矢理連れて来られても、この子は悪い子じゃないと思ってしまっている、不思議だ。

私は二度三度とゆっくり深呼吸して、感情を整える。

そして改めて、この目の前の少年に向き直った。

「あなたは、誰？」

「麻呂はねぇ、東洞院だよぉ」

なるほど、名前は東洞院くん。……おや？

「さっきまで私がいた通りと同じ名前なのね」

「そうだよぉ。麻呂は通りの化身、通神だから」

「とおりがみ……？」

「そう。平安の時代から、人間たちが暮らす京都の通りや、そこに住んでる人たち、やって来る人たちの安寧を祈って守護する存在。それが通神だよ」

東洞院くんが「くふふ」と笑い声をあげる。

「えっと、じゃあ、ここはどこ？」

「麻呂たちの住んでる世界——京(みやこ)っていうんだけど、そっち側の東洞院通なんだ」

「はぁ……」

ううむ……だいぶファンタジーだけど、不思議と納得できてしまうのはなんでだろう。

東洞院くんが「さも当然」とばかりに話しているからだろうか。

「それで、どうして私をここに連れてきたのかな？」

「それはねぇ、君が神和だから」

「かんなぎ……？」

私が首を傾(かし)げると、私の疑問を察した東洞院くんは、さらに言葉を継いだ。

「あのねぇ、昔むかーし、通神と人間は一緒に通りを浄化するための浄歩っていう儀式をしてたみたいなんだ。でも、いつの間にか京でも人間の世界でも忘れられちゃったの」

「そうなんだ」

「でさぁ、神和も見たあの黒いモヤがあったでしょ？　あれ、人間の負の感情で発生する澱っていうんだけどぉ。儀式が長いことできてないから、澱がどんどん増えちゃって、みーんな困ってるんだよね」

「あ、その澱を浄化するのが浄歩っていう儀式なの？」

「そうそう！　あれが増えると、もっと大きな澱闇（よどやみ）っていうのになって、人間の世界に疫病神を呼んじゃうから」

疫病神、と聞いてよい想像をする人なんていない。でも、東洞院くんが両手をブンブン振り回しながら一生懸命話してくれるから、どうも危機感は伝わってこない。

「えっと……そうなると、どうなるの？」

「疫病が流行ったり、凶悪犯罪が増えたり、とにかくよくないことがたっくさん起こるんだ」

それは大変だ。ただでさえ、観光地として人の出入りが多い京都だ。たとえ小さなことでも、マナーが悪かったり悪意が芽生えたり、そんなシーンはいくらでもあるはず。塵（ちり）も積もれば山となっていくような感じ？

人はいつでも負の感情を放つ可能性を持っているから、澱は少しずつ堆積していく。もちろん、それは私からも――私は頭の中で言いかけた言葉に蓋をした。

「でね、その浄歩ができる人間のことを『神』の『和』でかんなぎって言うんだ」

「そっか。神と和を持つから神和ね」

「そういうことぉ！　実はね、この儀式について記された書物を見つけたのも、麻呂なんだよぉ。くふふ、すごいでしょ～」

東洞院くんは、自慢気な視線をこちらに向けている。

だけど、私にはまだ疑問がある。

「で、その神和はいったいどこにいるの？」

「麻呂の目の前にいるよ？　麻呂のことが視える君が神和。すっごく探したんだから！お願い！　麻呂、君じゃなきゃダメなの！」

「うんうん、私が……って、ええっ⁉」

ここまで説明されて、ようやく事態が飲み込めてきた。なかなか壮大な話でお姉さん、びっくりだよ。

ただの旅行でやって来た京都初日で、こんなことになるとは思ってもみなかった。

……だけど、そんな想いとは裏腹に、心のどこかで、誰かに必要とされていることに喜びを感じている自分もいる。それに神様とはいえ、こんなにかわいらしい少年が、上目使いで瞳をうるうるさせながらお願いなんかしてくれるのだ。そりゃあもう、選択肢は二つ返事で「お姉さんに任せて」一択だ。

ただ、その神和の業務内容が未知すぎて、自信は全くない。

「ええと……とりあえず、突然のことすぎてびっくりはしてるんだけど。私にできること なら協力しても、いいよ」

「本当⁉」

私の返事を聞いた東洞院くんは「にぱー」と、満面の笑みを見せる。

「それじゃあね、今から会ってほしい方がいるんだけど、ついてきてくれる？　すぐそこ だから」

「うん……わかった」

そう言うと彼は、子供が親や兄姉（きょうだい）にするように、自然に私の手を取った。まったく、い ちいちやることがかわいい。

そうして東洞院くんに連れて来られたのは、大きくて立派なお屋敷だった。門を入って ここまで歩いてきた、丁寧に整えられた日本庭園も、広くて美しい。葉を青々と茂らせる 木々に囲まれ、橋が渡る池には錦鯉なんかも優雅に泳いでいる。

ここは「静謐（せいひつ）」という言葉が似合う、京都御所を思わせるような和の美そのもの。歩い ているだけで、心が自然と洗われていくようだ。

すると、私たちが来るのを予見していたかのように、ひとりの青年に迎えられた。

「ようこそお越しくださいました。私は綾小路（あやのこうじ）と申します」

「ねえねえ、やーっと見つけたよぉ！」

「ええ、わかっていますから。あんまり騒ぐと、神和も困るでしょう。では神和、主上にお取り次ぎ致しますので、どうぞこちらへ」

「失礼します……」

　そして、そのまま縁側を通って、畳敷きの広間まで綾小路さんに案内してもらった。

　綾小路さんは桜色の髪が美しい、顔立ちの整った美青年。

（……女の子みたい……お肌つやつや。スキンケアどうしてるんだろう。私なんて、生きてるだけの毎日がまるっとストレスで、お肌も心も生活も荒れ放題なのよね）

　と、つい心の声が漏れそうになる。

　ああもう、すぐ人と自分を比べる癖はよくないなと思う。だって、それをするだけで、自己肯定感はみるみるうちに下がってくんだから。

「それでは、こちらにて少々お待ちください」

　そう言って、綾小路さんは一度下がっていった。

　私と東洞院くんは正座して待つ。

「くふふ。神和、緊張してる」

「当たり前だよ。だって、こんな広間なんて大河ドラマでしか見たことない」

そう言いつつ自然と背筋がピンと張る。

すると間もなくして、真珠色した髪をおかっぱ頭にした少年が現れ、上座に座った。

「ふむ、よく来てくれた」

「こ、こんにちは……」

綾小路さんも付き従うようにして、少年の脇に座っている。

少年は神主さんのような変わった着物を着ており、猫のお面がミステリアス。東洞院くんや綾小路さんの様子を見ている限り、この中ではどうやら一番偉い人みたい。

「わたくしの名は丸太町と申す」

おかっぱの少年が凛とした声で名乗り、私の顔をじっと見つめる。

「わっ、私は――あれ……」

その先の言葉が出てこない。

いくら緊張しているからって、さすがに自己紹介くらいはちゃんとしないといけないのに。

「そうだ！　麻呂、まだ神和のお名前聞いてなかった！　なんていうの～？」

「あの、えっと……」

名前を言うだけなのに、なんて言えばいいのかわからない。

「神和となった者に名は不要。よって、京に来た時点で忘れてしまうと書いてあったかの」

あ、そういうことだったんですか。

「確かに、神和であるな」

「やったぁ～！」

それから、主上さまが話す内容は、事前に東洞院くんが教えてくれたことがほとんどだったけれど、要するに、私はこれから東洞院くんと一緒に浄歩という通りを浄化する儀式をするそうだ。そして、それが済めば、私はそのお役目から解放されるとのことだった。

「見たところ、書物に記されておる祝華（しゅか）は持っておらぬようじゃな」

「しゅかぁ？　なにそれぇ」

「神和がその証として生み出すものらしい。神和の持つ力を高めるもののようじゃの」

「私、そんなもの持っていません。私で大丈夫なんですか？」

「神和によって祝華の形（なり）は違うと書かれておった。また、精神が具現化する類のものであるから、おそらく必要になれば現れるであろう」

「精神……って」

私としては一番不安な要素が出てきた。

（……ということは、浄化ができなかったら？　私、一生かけてでも、できるまで帰れない感じですか……？）

私が不安なのがわかったのか、東洞院くんが私の手をキュッと握ってくれた。

「今日はもう陽が沈む。浄歩は明日でいい。この屋敷に部屋を用意するから、夕餉を摂り、休むがよいぞ」

「あ……ありがとうございます！」

部屋付き、食事付きとは、思ってもいなかった待遇に、少しばかりホッとする。

というわけで、部屋に通された私は、ようやくひとりになってくつろぐことができた。

「はぁ。新しい畳の匂い……落ち着くなぁ」

もしかしたら、予約していた高級旅館よりも広い和室かもしれない。床の間に飾られた掛け軸も品がある。こんなところにお泊りできるなんて、案外ラッキーだったんじゃないかとも思い始めて、首を振る。

（……いやいや、そんなことはない。だって無理矢理連れて来られて、わけのわからないお願いまでされちゃって）

ところで、京に連れて来られたときに置き去りにしてしまったキャリーバッグは、いつのまにか部屋に運び込まれていた。キャリーバッグを見た瞬間、やはり、これは夢ではないことを確信する。

（これからどんなことになるんだろう……）

そう思いながら座布団を枕にして横になっていると、襖の外から声がかかった。

「神和さん、ちょっといいかい？」

「あっ、はい、なんでしょう」

私は慌てて起き上がり、襖を開ける。するとそこには、はじめましての男性がいた。青みがかった緑の髪の、高身長な若いイケメンだ。

あ、いけない……相手をイケメンと認識してしまうと、途端に身体と心が固くなる。

「あっ、あっ、あの、どどど、どちらさまでしょうか」

「僕は錦小路。晩ごはんを用意したんだけど、もう部屋に運んでもいいかい？」

「あっ、あっ、ありがとうございます。だだだ、大丈夫です」

「いやあ、主上さまからの特別なお達しがあるっていうから、なんの用事かと思ったけど。まさか、僕らのことが視える人間を京に連れてきたなんて……。あ、君がここにいることは、関係者以外には内緒だと聞いているから安心して。君だっておなかは減るだろうから、僕がこのお役目を仰せつかったんだ」

「そ、そうなんですか……」

「今宵のお客人は神和さんってことで、気合い入れたから、楽しみにしててくれよ！」

そうして、錦小路さんは次々と料理を運んできた。

西京みそで漬けた甘鯛の切り身を焼いた物、お焦げなど無い美しいだし巻き玉子、賀茂ナスの田楽など、食べてみたかった京都らしい料理が並ぶ。

それらは見た目の美しさだけではなく、味も絶品だった。

「ふわぁ、なにこれ……美味しい。……幸せだぁ」

「あはは。よい顔だね。錦市場は京都の台所。僕も作った甲斐があるってもんだ」

そう言って錦小路さんが笑った。

「あ、錦市場……今回行こうかと思ってて……」

「本当かい？　それは僕としても嬉しいなぁ」

「えー、神和は麻呂に会いに来てたんでしょ？　だって、麻呂の通りにいたもんね？」

東洞院くんが襖を開けてひょっこり顔を出した。

「わ～い、神和ぃ！　麻呂たちもご一緒してい～い？」

「もちろんだよ。どうぞ」

すると、その後ろからは主上さまや綾小路さんも続いて入ってきた。

彼等は卓を囲むように私の周りに座る。そして酒やおつまみも並べられ、錦小路さんも一段落したのか卓に付き、気付いたときにはいつのまにか盛大な宴となっていた。

「ここに居るあいだは、わたくしたちが責任を持って神和の世話をするのでな」

「あ、ありがとうございます」

相変わらずお面をつけてはいるが、主上さまの口元は優しく微笑んでいる。

会社の飲み会は大の苦手な私だけど、通神さんたちとの宴席は、なんだかとっても楽しい。

こうして食卓を囲んで話してみると皆、意外なほど気さくで人当たりがよいのがわかった。

気付けば神和の務めに対する不安も、幾分かは緩和されている気がする。

ところで、さっきからひとつだけ気になることが……実は部屋の襖がすこーしだけ開いており、そこからじーっとこちらを窺うような視線を感じるのだ。

「あれぇ、神和、どうかしたのぉ？」

「いや、あれ……」

私が襖の隙間を指さすと、東洞院くんが立ち上がり、躊躇無く襖を開く。

すると、そこには東洞院くんそっくりの少年がいた。

「にいさま！　そんなところにいないで、神和と一緒にお料理食べようよ！」

「いや、しかし余は……」

「ほら、入って入って。神和、彼は麻呂の双子のにいさまで、西洞院だよ。今回、一緒に浄歩するから、ここに混ざってもいいよね？」

「え、うん、もちろんだよ」

私が答えると、控え目な足取りで西洞院くんが部屋に入ってくる。

見れば見るほど瓜二つだ。見た目の違いと言えば、東洞院くんは白い着物を着ているのに対して、西洞院くんは黒が基調というところだろうか。

そんなわけで、西洞院くんも宴席に加わった。

しばらくすると、この双子の違いが他にもだんだんわかってくる。

西洞院くんは、天真爛漫な東洞院くんと違って物静かな性格のようだ。彼の方からはあまり話そうとせず、表情もあまり変わらない。だから、彼のことを知ろうとするためには、どちらかというと私から歩み寄って話しかけないといけないタイプのようだ。

でも、そういうコミュニケーションって、私もちょっと苦手で緊張する。

しかし、それくらいは些細なこと。むしろ私としては、別の意味で緊張していた。

今まで、私の人生の中で、何人もの男の人に囲まれたことなんかあっただろうか。

しかも、みんな素晴らしく顔立ちの整ったイケメンばかり。

「あれあれ~箸が止まってるよぉ？　神和、もうおなかいっぱい？」

「ううん、どれも美味しくて、いくらでも入っちゃう！」

（あはは、通神のみなさんに見惚れていたなんて言えない……）

「いいねえ。これは明日も腕が鳴るってもんだ」

東洞院くんも錦小路さんも、なにかと私が退屈しないよう話しかけてくれる。

それに、私のお酒が空になると、寡黙な西洞院くんが気を遣ってくれてか、次々と注いでくれるものだから、私は、今日の不思議な出来事に対しての疑問も気にならなくなるくらいには、楽しい時間を過ごすことができていた。

翌日。といっても、京の時間の進み方は、人間の世界と速度が違うらしい。浄歩の儀式を行うために人間の世界に戻ると、まだ、私が京都に来た日の午後だった。

今、私は東洞院くんと手を繋ぎながら、一緒に東洞院通を歩いている。北は丸太町通から南は京都駅まで、南北を結ぶ細い道だ。今回はそれを北から南へ向かい、京都駅を目指している。不思議だったのは、多くの観光客がそこかしこを歩いているのに、彼等には本当に東洞院くんの姿が見えていないということだった。だから、傍目(はため)には私が一人で歩いているように見えていることになる。

ところで、浄歩はただ歩けばいいというわけでなく、それなりに儀式らしいこともする。例えば今、東洞院くんが目の前でやっているように、通りの隅に溜まった澱を見つけると、彼は『浄化札』というお札を手にし、なにやら念じ始める。すると、澱がお札に吸い込まれ、これでひとつ浄化完了ということらしい。

「よーし、できたぁ。次はどこかなぁ～」

「ねえ、これってさ、私、必要なの？」

「もちろんだよぉ！」

「でも、なんにもしてないよ」

「いいんだって、それで！　だって、麻呂だけじゃ澱を完全に祓うことはできないもん」

なるほど……どうやら、彼等だけでできることは基本的にお祈りだけで、澱に対しても軽度のものにしか対応できないらしい。完全な浄化となると、神和の力が媒介として必要とのことだった。だから、一緒にいること自体が私の務めというわけだ。

彼らの祈りは病に対する予防のようなもので、浄化は治療みたいなものなんだ。

……ありのままの私を受け入れてくれているようで、なんだか嬉しくなる。

「あっ、ほら、またあったよ！　こっちこっち！」

私たちは、次々と浄化の作業を繰り返し行っていった。

ふと、後ろを振り返ってみる。

私たちが歩いてきた道は、黒いモヤがすっかり消えて、とても気持ちがいい。

うんうん、成果が目に見えて実感できるって、やりがいを感じるよね。

そうして、どんどん先へと進み、レンガ造りのレトロな郵便局の辺りで『澱』にしてはやや大きめのモヤを浄化したときに、東洞院くんがぽつりと呟く。

「麻呂……昔にも、浄歩をやったことがあるかも？」

「そうなの？」

「……うん。今、急に思い出した。麻呂は確かに、前にもこれをやったよ」

「忘れてたの？」

「うん、忘れてた。麻呂たちって通りが澱でいっぱいになると、なんだかいろんなことが忘れっぽくなっちゃうみたいなんだ」

「でも、それじゃあ、記憶が少し戻ったってこと？」

「そうだよ。だいぶ浄化ができてきたってこと！」

「よかった！」

　私はどうやら東洞院くんの役にも立てているらしい。それが素直に嬉しく思える。

　記憶を失うっていう感覚は今、自分の名前を思い出せないことくらいしか味わったことがないけど、もっと大切な、幸せだった過去の記憶などを失ってしまうのは、きっとものすごく辛いことだろう。

「そっか。通りを浄化するということは、疫病神から京都を守ることでもあるけど、彼等の思い出を取り戻す作業でもあるのね。なら頑張らなきゃ」

　私の中で、早く東洞院くんと西洞院くんの記憶すべてを取り戻してあげたいと、俄然、使命感が燃え上がった。

「この調子でどんどん浄化しちゃおう！」

「そうだね～！　あ、でも神和～」

「なあに？」

「今のところは、まだ小さい澱しかないけど、もっと大きな澱闇っていうのには気を付けてね」

「澱闇……って聞いたことあるな。澱が成長したやつだっけ」

「うん。澱はあんな感じで、そこに溜まってるだけだけど、澱闇は浄化しようとすると、抵抗して攻撃してくることもあるんだよ。怖いよねぇ～」

「ええっ？」

ちょっと待って、『怖いよねぇ～』って……神和って実は、結構危険な任務なの？

ちなみに、それってどのくらいのレベルの危険度なんですか……とは、恐ろしいので聞かないことにした。もし、それで「命に関わるレベルだよ」と答えられたら、即座にギブアップしかねない。せっかく彼等の記憶を取り戻したい、と思ったばかりなのに……。

ここだけの話。さっきまで「かわいい少年と手繋ぎ散歩、わーい」くらいの勢いで浮かれてたことを、少し反省した。

まあ、入社前に受けた説明と業務内容が全然違うようなブラック企業に勤めている私からすれば、この程度の齟齬など大した問題ではない……と自分に言い聞かせることで、無理矢理にでも納得しよう。

「かんなぎぃ～、大丈夫？　なんだか浮かない顔だけど……」

「あっ、ううん。澱闇には要注意ってことだよね？」

「そういうこと！　あ、もちろん、神和のことは麻呂とにいさまができる限り守るから、安心してね！」

なんて健気でいじらしいことを言ってくれるのか。その言葉だけで、私はこの小さな騎士（ナイト）のことを信じようと思える。そして、折れかかった心は早くも復活し、そうしてさらに先へと歩いていく。

あ、ここは東洞院くんと出会った公園だ。そこの電信柱にも澱があったよね。

そう伝えようとすると、東洞院くんが突然、繋いだ手をブンブン振り回した。

「わぁぁ～、見て見て見てぇ！　あそこ‼　ソフトクリーム食べている人が居るよぉ。いいなぁ～」

腕時計を見てみると、そろそろ三時……おやつの時間だ。

私はどこか甘味処はないかと、辺りを見回してみる。

「あのソフトクリームはね、錦市場で売ってるんだよぉ」

「あ、そうなの？」

「うん。だから、ちょっと寄り道、いい？　すぐそこが錦小路通だから」

「じゃあ、この澱を浄化してからね」

「はあ～い！」

そんなこんなで東洞院くんに連れてきてもらった錦市場は、アーケードの中に様々なお店がひしめき合う、活気に満ちた商店街だった。

「ここだよ、ここ！　さっきの人が食べてたソフトクリームのお店！」

ようし、それじゃあ、ここはお姉さんがごちそうしてあげよう。

……って、あれ？　東洞院くん、いつのまにか服装変わったね。明るい色のTシャツにパーカー、ハーフパンツにスニーカー。どこからどう見ても、ちょっとやんちゃな中学生くらいに見える。えっと……どこで調達してきたんだろう。

すると、その疑問が顔に出ていたのだろう私に、東洞院くんが説明してくれる。

「これからソフトクリーム食べるのに、麻呂たちが姿を消してたら、普通の人間にはソフトクリームだけが浮いて見えるってことになっちゃうでしょ？　だから、今の時代に合わせた格好で姿を現しただけだよぉ」

「へえ、通神って便利ね」

見れば、西洞院くんもモノクロ基調とはいえ、似たような格好をしていた。

というわけで、さっそくお店でソフトクリームを三つ購入する。

「うわぁ～、神和、ありがと～！」

「はい、西洞院くんもどうぞ」

「いや、勝手についてきただけの余までもらうわけには……」

「いいからいいから。みんなで食べた方が美味しいんだから」

「……ありがとうございます」

屈託のない笑顔で食べる東洞院くんと、控え目に舐めながら「美味しい」と呟く西洞院くん。それを見て、私も自然とほっこりした気持ちになる。

なんか、いいな。

こんなに楽しい時間を過ごせているのは、彼等と一緒にいるからだ。

だって、意を決して来た一人旅だったけど、最初は京都駅に着いたばかりの時点で、いきなりくじけてたもんね。

今、こうして自分も笑顔でいられることを、私は双子に感謝した。

「あのね、麻呂ってね。昔は東洞院大路って呼ばれてて、すっごく大きな通りだったんだ。だから見た目だって、背も高いし大人っぽかったんだよね」

「そうなの？」

「うん。そういうことも思い出してきた。こうやって楽しくお話しできて、神和も楽しそうに聞いてくれる。麻呂たち、長いこと人間とお話なんてしてなかったんだよねぇ。だから嬉しいんだぁ」

なんて純粋でいい子なんだろう。

こうして、再び元の出で立ちに戻った東洞院くんは、その後も私が退屈しないように気遣ってか、東洞院通の歴史やら観光案内やら、いろいろと話しかけてくれつつ、浄歩を再開した。

「ところで、キミたちが東と西で対になってる通りだっていうのはわかるんだけど、『洞(とう)院(いん)』ってどういう意味？」

「天皇が退位した後の居所のことを言うんだけどぉ。中世の頃、麻呂たちの通りには、『洞院』と名のついてもいいくらい立派な邸宅や院や内裏(だいり)が、堂々とたくさん建っていたからね。それが名前の由来になったみたい」

うん、どことなくこの子たちから感じられる気品に、大いに納得である。

そんなふうに感心していると、どこからか笛の音が聞こえてきた。

おや、風流……なんてもんじゃなく、悪寒がする。怖い感じがする音は、遠くからだんだんこちらに近付いてくるみたいだった。

すると、いきなり目の前に古い鳥居が現れて、その奥の、小さな社(やしろ)の扉が開く。

「うわぁ！　なになになにぃ！」

「これはッ！」

異変を察した東洞院くんと西洞院くんが、私を守るように前に立ちはだかった。

しかし、私たちは社の中へ吸い込まれ、視界は音と共にうねり、そして暗転した。

今度は、いったいどこに連れて来られたんだろう……。

私は恐る恐る目を開ける。するとそこは古い、立派な神社の境内だった。

「ここは？」

「八坂神社だよぉ……」

「京の、な」

西洞院くんの声色に緊張が見える。

そして、私たちの前には白髪の不健康そうな少年が立ち、こちらを強い眼差しで睨みつけていた。

「この地へ災いを持ち込む非運の人間よ。なぜ、凶である東の地より参った？　貴様からは陰の気が感じられる……」

「なに。なんか怒ってる……」

「……あの方は八坂神社に住む神様、八将神のおひとり、歳破神さまだよぉ！」

「まずい方に目をつけられてしまったな」

「あっ、あのっ！　私がなにかしちゃったんなら謝ります！　でも――」

「謝罪など無意味。……貴様が消えれば済む」

歳破神と呼ばれた少年はそう言うと、手に持つ横笛を口にあてがう。すると、さっきよりも強く、禍々しい音色が辺りに響き渡った。それを聞いた瞬間、どういうわけか私の身体が硬直し、身動きが取れなくなる。それは、私の前にいる双子も同じようだった。

歳破神は音曲を奏でながら、ジワジワとこちらに歩み寄ってきた。

その目は、明らかに私へ刺すような敵意を向けている。

「なぜ、人間風情が通神と行動を共に？」

凍りつくような声だ。

歳破神が笛から口を離しても、音曲は空間に反響し、不協和音が鳴り続けている。そのため、私の方はといえば、ちゃんと説明したいのに、喉も締め付けられたようになって喋れない。

いや、そもそも、すでにこれだけ怒っている相手に対しては、もはやなにを言ったところで聞き入れられないだろう。私は知ってる……今までのクレーム対応とか仕事上のミスとかで。

「ううっ……逃げて、神和……！」

東洞院くんは笛の音の呪縛を受けながらも、苦しそうに叫んでいた。

でも、今の私にはどうしようもない。

ああ……きっと私は、この恐ろしい神様に殺されてしまうんだ。やっぱり、私みたいな夢も希望もカラッポな無能女子じゃ、神和なんて大それた役目は務まらないんだ。この神様が言うには、京都に来る資格さえない、迷惑な存在なんだ――。と、心の中で叫んだ瞬間、なぜか私の周囲に黒いモヤが満ちてきた。

「えっ……？　よど……？」

そう……そのモヤは、私の身体から滲み出てきた澱だったのだ。

事態が把握できず、助けを求めるように東洞院くんたちの方へ視線を向ける。

でも、どうしよう。もし、私が澱を生む存在だとわかったら、通神にとっても歓迎されない存在になってしまう……。

ぶわっ。

ああ、ダメだ……ネガティブ思考に陥ると、どんどん澱が放出される。でも、一度この状態になってしまうと、すぐに気持ちは切り替えられない。割り切れるようなら、今までだってもっと上手く生きてきたはずだ。

ぶわっ。ぶわっ。

ところが、幸か不幸か、呪縛に苦しむ東洞院くんたちは前を向いたまま、もはやこちらを見る余裕もないようだった。

こんな姿は絶対に見せられない。私は彼等に嫌われたくない。

私がみんなから煙たがられてたのって、やっぱり、私に原因があるからじゃないの？

「フッ、フフフ……非才がすべてを葬る！」

歳破神の奏でる曲の音色が一層強まる。

どこにいても、私は『使えない子』なんだ。

ここでは役に立てると思ったのに……。

ぶわっ。ぶわっ。ぶわっ。

だんだん意識が朦朧としてきて、それと共に思考も鈍ってくる。

ねえ……死にたくないよ。

だって、東洞院くんとの浄歩も、まだ途中なんだよ……？

せっかく仲よくなったのに、約束も果たせないなんて嫌だよ。

ねえ、私……本当にこのまま『使えない子』でいいの？

……ぷしゅっ。

いいわけない……そうでしょ？

そうだよ……東洞院くんと西洞院くん、彼等の記憶を取り戻さなきゃ。だって、大切な思い出を忘れたままなんて悲しすぎる。だから、私はそうするって決めたじゃない。

……ぷすん。

使命感が高まっていくのと反比例して、澱の放出は収まっていく。

私のことを彼等は必要としてくれている。だったら、その想いに全力で応えたい。会社でどうだったとか、今は関係無い！

「おねがい！　どうか私に最後まで浄歩をさせて――やりきりたいの！」

そのとき、私の身体から強い光が放たれた。そして、その光はどういうわけか私の目の前に集まり、かんざしの形を成していく。すると、ポニーテールにしていた私の髪のゴムが外れ、風に流された髪が自然にまとまって……かんざしが装着された。

「い、今の光……なにが起きた？」

「どういうこと……？　光から、かんざしが出てきて……」

気付けば歳破神の呪縛も少し楽になり、幾分か呼吸が楽になっていた。

「きっとそれは、主上が言ってた神和の証――祝華だよぉ！」

身動きが取れないながらも、東洞院くんは興奮気味に叫んだ。

私の身体から生まれた、祝華という物――かんざしが輝きを強め、辺りが明るく照らされる。

そして、その輝きは、私から滲む澱も掻き消してくれた。

「くっ、神和がこの時代にも出現した――？」

歳破神は音曲を奏でるのを止める。すると、ようやく私たちは彼の呪縛から解かれた。

「仕方ない。今回は浄歩の様子を見る。だが面倒だ……帰って兄者たちにも知らせねば」

「え、待って……」

兄者に知らされるとどうなるの⁉

「人間よ。これ以上、余計なことはするな。通神、お前たちもだ」

そう言うと、歳破神は凍りつくような視線を鋭くこちらに向ける。

そして、その瞳がカッと閃光を放ったかと思うと、私の視界は再び暗転した。

……気付くと、人間の世界の東洞院通に双子と共に立っていた。

「あ、戻って来られた……よ、よかった……」

まさか、あんなに恐ろしい神様がいて、目を付けられてしまうなんて。

「歳破神さまは、ずいぶんとお怒りだったな」

「うん……神和のこと、凶から来たって」

歳破神は、私の身体から澱が吹き出すのを見て、さらに怒りを強めていた。

というか、澱を浄める神和が澱を生み出すなんて、あまりにも本末転倒だ。

ただ、それをこの双子は見ていない。

でも、彼等との関係まで悪くなるのが怖くて、私はそのことを言い出せずにいた。

「ねえ……さっきの神様は、あなたたち、通神の仲間ってわけじゃないの？」

「うん、そうだよぉ。八坂神社に祀られてるスサノオノミコトの子供で、八将神と呼ばれる8柱の神様のひとりなんだ。だから、通りの化身である麻呂たちとは別の存在なんだよぉ」

「そうなんだ……。でも、なんでそんな偉い方が、あんなに怖い感じなの？」

「それはねぇ……ちょっと人間の神和には言いづらいんだけど、最近の人間は神を畏れず、傲慢な振舞いをして、平気で澱を生み出すことに怒ってるんだって聞いたよ」

「あ……」

「人間と共に歩み導く通神と違い、彼等は人間を裁き罰する性質を持つ。だから、彼等の怒りに触れるとあのようなことになる」

「罰する……か」

「そう。だから、京都を守るために、時として元凶となる人間を消すことすら厭わない、歳破神さまのような神もいる」

「そう……」

歳破神は最後、私に様子を見ると言った。気を付けなきゃ。もう二度と、私自身が澱を生み出してしまわないように。

私が俯いていると、東洞院くんがひょこっと覗き込んでくる。その表情はとても心配そうだ。

「神和～……どうかした？ 怖くなっちゃった、かなぁ……？」

確かに、そんな神様に目を付けられてしまったのは恐ろしいことだ。

だけど今、私が気になっているのは、私の身体に起こった出来事と、歳破神からかけられた最初の言葉。

『なぜ、凶である東の地より参った？　貴様からは陰の気が感じられる……』

やっぱり、神様はなんでもお見通しということなのだろう。

現実逃避で京都に来たところで、一時の気晴らし以外になにもない。一回の旅行で人の性格や状況なんて、劇的に変わるものではない。私がネガティブなのも変わらないし、誰からも必要とされない存在なのも変わらないのだ。

そんな私の不安を察したのか、東洞院くんは、さっきよりも優しく手を握ってくれた。

「ほらほら、東洞院通はあともうちょっとだよぉ。がんばろーね」

そして浄歩を再開する。後を付いてくる西洞院くんも、普段の無表情を心なしか和らげてくれているように思えた。

「余計なことは気にするな」

「ありがとう、西洞院くん」


かくして、どうにか東洞院通を歩き切ることができた。

すると、東洞院くんが手に持っていた浄化札が、ほんのりと柔らかな光を帯び、なにやら神社でいただける御朱印のようなものが浮かび上がってくる。そして、札はそのまま天へと昇っていった。どうやら、これでこの通りの浄歩は完了ということらしい。

「ねえ、あのお札はどこへ行ったの？」

「あれはねぇ、主上のところにある、んとね、にいさまぁ……なんだっけ？」

「丸太町屋敷にある標帳という冊子に、記録として残るそうだ」

「そうそう、そうだったねぇ。ところで、麻呂、ちょっと変わった感じしない？」

私の目の前では、東洞院くんが元気にガッツポーズを繰り出している。

「何か、変わったのか？」

「うん、なんだか力が漲ってるんだ。これまでの大切な記憶も戻ったみたい。やっぱり昔、麻呂は浄歩をやったことがあったよー」

「ふふっ、よかった」

東洞院くんは、私に屈託のない笑顔を向ける。

そんな彼を見て、私もなんだかちょっとした達成感を得ることができた。

そして、なにより彼の力になれたことが、今は心から嬉しかった。


翌日、ぱっちりと気持ちよく目が覚めて、朝食をいただく。

献立はゆかりごはんにお味噌汁。湯葉とふきの炊き合わせ。京うどとみょうがの酢の物。鮭の西京焼き。そして、季節の果物としていちじく……って、なんて豪華なんだろう。

「ん〜、お味噌のいい匂い。どれから食べようかな」

そういえば、昨日もそうだったのだが、こんなにちゃんとした朝ごはんを食べるなんてこと、社会人になってから一度もない。

朝は遅刻にならないギリギリまで布団の中で、通勤中にパパッと済ませられる適当な食事や缶コーヒーをコンビニで買い、始業前に掻き込む毎日。

だから、こうして朝からゆっくり食事を楽しめるだけで、幸せを感じてしまう。

そんなことをしみじみと思いながら食事を終えた頃、部屋にやって来たのは西洞院くんだった。

「主上さまが、今度は余の番だと仰った」

「ちょっと待ってて。髪、まとめちゃうから」

私の中から生まれた祝華――かんざしを手に取る。

「そのかんざし……綺麗だ」

「ふふっ、綺麗だよねー」

「きっと神和から生まれたものだからだろう」

「えっ……？」

「だからもっと、自信を持っていいと思う」

こんなことを面と向かって言われると、照れくさくて、髪をまとめる手がおぼつかなくなる。すると、西洞院くんは私の手からかんざしを取り、後ろにまわって髪をまとめてくれた。

「あ……ありがとう」

「さあ、行こう」

こうしてやって来たのは西洞院通。

私は西洞院くんの方から差し出された手を握り、一緒に歩き始めた。

西洞院通は、北は武者小路（むしゃのこうじ）通から南は十条（じゅうじょう）通に至る南北の通りだ。道幅は東洞院通と同じく、狭めであるが、東洞院通より距離は長いそうだ。そこを昨日と同じように南下していく。

「今日は東洞院くん、いないの？」

「……ああ」

「ええと、どうして？」

「主上さまに昨日の報告をしている」

「報告？」

「浄歩を実践した感想や、東に現れたその効果などについてだ」

『報・連・相』が大事なのは、どこの世界でも同じなんだと思う。

浄歩は長いこと失われていたと言っていた。そして、通神もそのことを忘れていたらしい。となると、それも大切なお役目なんだろう。

ただ……なんだか昨日とは違って、寡黙な西洞院くんとふたりっきりというのはちょっと間が持たないので、思い切ってお願いしてみた。

「もし記憶が戻ってきたら、西洞院通のこと教えてね」

「……思い出したらな」

「うん」

「だが……余のことなどを聞いてもつまらないぞ……」

その自信のない感じ、『私なんか』という考え方、どこかで……と思ったら、まんま私だよね？

「……なんだろう。西洞院くんって、少し私に似てるかも」

と、つい本音を言ってしまい、西洞院くんに怪訝な顔をさせてしまう。

「似てなどいない」

「あっ……うん、もちろん似てないんだけど……ああっ、見て見て、あそこにも澱が落ちてるよ」

私は話をそらすように、小さな八百屋の向こうを指さした。今いる場所、大きな通りの近くでは、特に澱がよく見つかる。

こんな調子で、さらに西洞院通りを次々と浄化していく。すると、徐々に西洞院くんも記憶が戻ってきたのか、今度は彼の方から口を開いた。

「……余の通りは、かつて西洞院大路と呼ばれていたようだ」

「そうなんだね。東洞院くんと同じだね」

「ああ。道幅二十四メートルもある大きな通りだった」

「へぇ、そうなんだ」

そして、彼はどんどん記憶を取り戻していった。だけど、その大通りも、京都府庁敷地内での発掘調査により、沿道の建物が建て替えられるたびに道幅が狭められて、今の姿になっていったそうだ。

……人間の都合で道幅を変えられた西洞院くんや東洞院くんは、そのことについてどう思っているんだろう。もし不満に思っているなら、きっとこんなに私と仲よくはしてくれないはずだ。とはいえ、彼等の姿を変えるのも人間。澱を生み出すのも人間。人間は、彼等に結構な迷惑をかけている。せめて私は、そのことを胸に抱き、それでも人間を愛してくれている彼等に感謝しようと思う。

「……今度は神和のことを聞かせてくれないか」

「――え？」

「主上さまはあまり深く関わるべきではないと言ったが……」

「うん」

「こうして人間と話すのは、余も久し振りだ。それが神和とあらば、一層興味深い」

彼は、きっと私に気を遣ってくれているんだな。でも、私の話か……。

「ええと……私のことなんて、つまらないよ？」

と言うと、先ほどの自分の言葉を思い出したのか、西洞院くんが「あ」と声を漏らす。

「……本当だ。フッ、余と神和は似ていたな」

「……ふふふ。でしょ？」

「だが、聞きたいのだ。なにを生業にしているのか。普段なにを想い、どんな生活をしているのか。余は神和のことがもっと知りたい。話したくなければ、話さずともよいが……」

西洞院くんは、吸い込まれてしまいそうな真摯な瞳を向けてくる。

ええっと、なにを話そう。

なにを生業に……？　平凡な会社員。仕事はできない。

普段なにを想い……？　会社辛いなぁ。行きたくないなぁ。

どんな生活を……？　通勤ラッシュは苦しいし、そんな思いをして行った会社では、怒られたり、誰からも必要とされなかったり……それでも会社に行って、働いて、残業して、疲れて帰って、寝て、起きて、また会社に行って……。休日だって、溜まった洗濯とか家事はしなきゃいけなくて。面倒くさいと思いながら、嫌々片付けて。

ああ、嫌だ。私、自分のことを考えると愚痴しか出てこない。本当につまらない人生だ。

この先の人生を変える努力の仕方もわからない。

ぶわっ。

「……っ、どうしよう。また、澱が——！」

再び、私の中から澱が吹き出してくる。ネガティブになっちゃダメなのに、私自身のことを考え出した瞬間から、負の思考のスパイラルが止まらない。

ぶわっ。ぶわっ。ぶわっ。

「神和……？　これは…⁉」

「ずっと私逃げ出したくて、でも、逃げ場なんてどこにも無くて。……私って、なんなんだろう？　こんなので、私、生きてる意味あるのかな——。ああ……あああ……ごめんなさい、ごめんなさい！」

「神和——⁉」

「うわぁぁぁッ！」

ばしゅううううううううう！

その瞬間、私の全身から大量のどす黒い靄が放出された。そして、その靄は周囲にあった澱も取り込み、どんどんと巨大化していく。

「あぁ……とうとうやっちゃった。これだけはしたくなかったのに……」

私、やっぱりダメだったよ。自分で澱を生み出しちゃうなんて、神和失格だ。

「まずい……このままでは澱闇にまで成長してしまう」

「ごめんなさい。本当にごめんなさい。私が澱を出し続けてるから、西洞院くんだけじゃ浄化もできないんだよね。ああ、私、迷惑かけてばっかりだ。私って、いつもそう。だったら、いっそのこと昨日、あの怖い歳破神にやられた方がよかったよね」

その時――。

「心を強く持つんだ、神和～っ！」

東洞院くんの叫び声が聞こえ、そっちを振り向くと、遠くから東洞院くんと錦小路さんが駆けてきているのが見えた。

「来ないで！　私を見ないで‼」

私はこれ以上、自分の卑屈なところを見られたくない一心で叫んだ。

「私なんて、現状を変える勇気も無い、がんばることもできない人間なの！　それならいっそ、これ以上あなたたちに迷惑かける前に、私を――」

「そんなことはない！　だったら、神和はなんのために京都に来たんだ。そんな日常を打破したくて、勇気を出して一歩踏み出したんじゃなかったのか！」

ああ……いつもは冷静沈着な西洞院くんも、あんなに叫んで私を励ましてくれている。

そうだ……私、嫌われるのが嫌で、「周りに合わせなきゃ」と思い込んで、自分を出さないようにして、でも上手くできなくて、もっと自分を否定して、無難に生きようと思えば思うほど、自分の言葉で話すこともできなくなって、その繰り返しだったんだ。

ばしゅっ、ばしゅっ、ばしゅう。

「ああ……このままじゃ瀲闇になっちゃうよぉ……」

東洞院くんが絶望的な声で呟く。

「私。もう……終わりだ……」

大きく膨らんだ瀲に片足を突っ込んで、私はそのまま近くの建物に寄りかかり、しゃがみ込んでしまう。

私の身体は、まるで瀲を生み出す瀲発生機。その瀲は、引き寄せられるように巨大な瀲へと向かい、確実に瀲闇へと成長していく。

「終わりなんかじゃなぁーい！」

「神和、一緒に戦ってくれ」

「まだ大丈夫だよぉ。神和のおかげで麻呂は絶好調だし、きっと浄化もできるよぉ！」

どうしてこんな私を、東洞院くんと西洞院くんは必要としてくれるの……？

「……もう、手遅れだよ。そんなに簡単に、私、変われない――」

「変われるよ！」

「変われ……ないよ」

ばしゅっ。

前向きな言葉を否定すると、また身体から澱が吹き出す。

「かんなぎぃ……ッ！」

東洞院くんは、会ったときにも鳴らしてくれたデンデン太鼓で私を落ち着かせながら、真っ直ぐな瞳で訴えかけてくれる。

「……人間ってそういうものなの。大人になるほど、夢も希望も無くなっていくの。私はね、死ぬ勇気も持てないから、せめてこの世から消えたいって願い生きてるんだよ」

ばしゅっ、ばしゅぅ。

すると東洞院くんは、まだ澱を放出し続ける私の身体を優しく両腕で包み込んで、言った。

「神和、そんな悲しいこと言わないで。無理して変えることないと、麻呂は思う。ここに来てからの君は明るくて、みんなともすぐに仲よくなって、たくさん笑って、とっても楽しそうにしてたよね？　それが本当の君なんだから、そのままでいいんだよぉ！」

「……そう、なの……？」

確かに、通神さんたちと出会って、私、楽しかった……。

久し振りに笑って、美味しいもの食べて、感動して……。

……本来の私に戻った感じがしてた。『神和』としてだけど、誰かの役に立てる喜びなんて……。いつぶりだっただろう……あんな感覚を味わったのは。

「麻呂たちは、そのままの君を必要としてるんだから！」

「このままの私で、いいの？」

「いいよぉ！　だって、麻呂たちは君が大好きだもん！」

私の心がわかっているかのように、東洞院くんはもう一度、力強く言った。

こんな私を必要としてくれる人がいる……人じゃなくて、神様だけど。

そう気持ちが動いたとたん、澱の発生が次第に収まっていくのがわかる。

そうか……私は無理に自分を変えたりしなくてもいいんだ。

私は私のまま、自分のことを、肯定してあげていいんだ……。

自分を受け入れることができるようになった私の身体からは、もう澱の発生が完全に止んでいた。

私はもう、この小さな身体で私を抱きしめ頭をポンポンしてくれている東洞院くんのことも、慈しむような目をこちらに向ける西洞院くんのことも、信じることができた。

「おーい！」

「あっ、錦ぃ〜！」

「話がついたなら、今度はあいつを料理してくれ！　といっても、澱闇じゃあ煮ても焼いても食えないから、ぱーっと浄化するだけだけどな！」

大きなしゃもじを担いで走ってきた錦小路さんが、息を切らせながらこちらに叫ぶ。

「えっ？　あれが、澱闇⁉」

「大きく育っちゃったねぇ……」

「ああ。どうにか食い止めようと思ってたんだが、抵抗してくるようになった。もう、完全に澱闇だ！」

「ごめん。私のせいだね。でも、大丈夫。この始末は自分でつけるから」

「無理はするな。余も東もそばにいるのだから」

私たちは、周囲の屋根よりも遥かに高く膨れ上がってしまった澱闇のいる方へと急行した。

五階建てのマンションよりも高く巨大化した澱闇は、厄除（やくよ）けの神として信仰される五條天神宮（ごじょうてんしんぐう）でさえ見る影も無く、辺りを埋め尽くしてしまうほどだった。それでもさっきまで、錦小路さんは大きなしゃもじを武器に風を起こして、私から発生した澱を散らし、融合するのを多少は抑え込んでくれていたらしい。

人間に見えていないのが不思議なくらい、禍々しく膨れ上がった漆黒の靄を、呆然と見上げる。こんなものが、果たして私なんかに浄化できるのだろうか。そんな不安から、ヵタカタと身体が小刻みに震えを起こす。

「大丈夫だ、神和。今までも、ここから先も一人じゃない」

「うん。そうだね」

西洞院くんが私の手を握ってくれる。なんだか不思議と勇気が湧いてきた。

「もう私、『私なんか』って言わない」

「余も、もう『余なんか』とは言わぬ」

「約束だよ」

なんとしても成し遂げなきゃいけない。そうでないと、彼等も人間も大変なことになるんだ。それに、ここまで西洞院くんと一緒に歩いてきた、風情溢れる美しい街並みが、こんな靄によって汚されたままであっていいはずがない！

「通仕る！」

西洞院くんが言い放つと、澱闇ごと場所を京の西洞院通に移す。そうか、澱闇って浄化しようとすると、抵抗して反撃してくるって言ってたもんね。確かに、人間の世界じゃ私たちも戦えない。

「西洞院くん！」

私は彼の手を握り返した。すると、彼もその手をすかさず握り返してくる。そして、すぐさま祈りを捧げた。しかし、ここまで大きくなってしまうと祈りの効果も薄く、ペリペリと、表面だけが薄くかさぶたが取れるくらいにしかならない。これじゃあ、いつまで経ってもラチがあかない。

「うわっ！」

澱闇から触手が伸びてきて、鞭のように私の頬をかすった。当たったところがチリチリと火傷したように痛む。あんなのが直撃していたらと思うと、ゾッとする。なんて厄介なんだろう。だけど、通常の祈りがあの程度しか効かない以上、どうしても防戦を強いられる。それはみんなもわかっているようだ。

「こう、何か効果的な方法はないの？　うわっ！」

びゃっ！

「こっちだ、神和！」

西洞院くんが、私を身体ごと引き寄せてくれる。

べちゃっ！

さっき私がいたところに、澱闇から放たれた真っ黒な塊が着弾し、しゅうしゅうと音を立てて蒸発していく。あれが当たっていたら、どうなっていたことか。

「くっ……せめて余の浄歩が完了してさえいれば……」

西洞院くんは悔しそうに唇を噛む。すると、それを聞いて、近くにいた東洞院くんがハッとした顔をする。

「そうだぁ！」

「どうしたの⁉」

「神和～、麻呂と一緒に祝華を使うんだ！」

「え？　使う？　このかんざしを？　どうやって？　刺す？　投げる？　私が突撃したって、どう考えてもあの澱闇の懐にまでなんて行けないよ⁉　高校のときのソフトボール投げだって、クラスで最下位だし！」

「あー、もぉ～！　そふとぼーるってなあに？　麻呂もわ・か・ん・な・い！　でも、絶対にできるよぉ！」

「強く念じるだけでいいはずだ」

「念じるだけって……」

「そうだ。東と神和で、強く念じるんだ。もちろん、余も、今の余でできうる限りの念を送ろう！」

「わかった。『澱』って、人のマイナスの思いでできてるんだもんね」

信じよう。今なら私たちのプラスの思いで追い込めるはず。

私が後ろに束ねていたかんざしを抜くと、髪がほどけて、澱闇からの圧でなびく。そして、東洞院くんと西洞院くんに視線を送ると、彼らは小さく頷き、私たちは強く念じ始めた。

「本当に私に力があるのなら、どうか……彼らの、この京都のために……！」

すると、かんざしが輝きを帯び、閃光を放って辺りを照らす。そして、その光は私の手元に集束していき、大きな弓矢の形を成した。

弓矢の心得なんてまったく無い。だけど、この私から生まれた祝華の矢なら扱えると、なんの根拠も無く確信できる。私は矢をつがえて引き絞り、狙いを定めた。

大丈夫。きっと上手くいく。

「いっけぇぇ！」

東洞院くんが叫ぶ。それに呼応するように私が右手を離すと、光の矢が勢いよく放たれた。

矢は一直線に澱闇に向かって行く。

その気配を察した澱闇も、触手を振るって矢を叩き落とそうとするが、矢の勢いは止まることなく、襲いかかる触手を何本も突き破りながら本体へと直進していった。

そして、そのまま光の矢は澱闇の中心部を貫いた！

ばっしゅうううううう！

巨大なひと塊だった澱闇は、貫かれた部分から四散して、シュワシュワと蒸発していく。

そして最後には、靄のひとかけらも残すことなく消滅した。

「あぁぁぁぁ、よかったぁぁぁ……」

緊張から解き放たれた私は一気に力が抜け、その場にへたり込んだ。

「あれれ、神和。腰が抜けちゃったぁ？」

「だってぇ……怖かったんだもん……」

「よくやった」

西洞院くんが手を差し伸べてくれる。

こうして、さっきまで死闘を演じていた通神のみんなにも、ようやく笑顔が戻った。

それから、少し休憩をとっていると、瀫闇で傷がついた私の頬の火傷を、西洞院くんが『柳の水』で冷やしてくれた。なんでも千利休（せんのりきゅう）が愛した湧き水だとか。その湧き水を飲んで、残りの浄歩のため、再び歩き出す。通りに蔓延（はびこ）っていた瀫のほとんどは、やっつけた瀫闇と一体化してしまっていたので、浄化作業は意外なほどサクサク進んだ。そして、みんなの表情は明るかった。

「ねえ」

「なあに、神和」

「さっきは私を信じてくれて、ありがとう。東洞院くんも、西洞院くんも、錦小路さんも」

本当に、さっきは彼等に救われた。東洞院くんの言葉が無かったら、私は澱闇と戦うどころか、あのまま澱を出し続け、あの歳破神とかいう怖い神様の罰を受けていただろう。

だけど、目の前にいる東洞院くんが両掌を前に突き出し、横にブンブン振った。

「違うよ～、君ががんばったから、麻呂たちも今、こうしていられるんだよ～」

東洞院くんは隣にやって来て顔を近付け、真っ直ぐな瞳をこちらに向けてくる。

「ね？」

ああもう、その不意打ちは心臓に悪い。あまりの可愛さに抱きしめたくなっちゃう！

すると、手を繋ぐ西洞院くんも、進行方向を向いたまま言葉を継ぐ。

「東の言う通りだ。神和は自分で前に進むことを選んでくれた。だから、礼を言うのはむしろこっちだ。……ありがとう」

「わぁぁ、こんなに素直ないさまは珍しいね！　麻呂、初めて見たかもぉ」

「そっ、そんなことはないだろうっ」

そんなふうに、東洞院くんと西洞院くんのわちゃわちゃした言い合いをしているのを眺めて歩くうちに、十条通の有名なゲーム会社を越えた辺りで、西洞院くんは突然、立ち止まった。

「余はここまで。神和、ごくろうさま」

どうやら、西洞院通を最後まで歩き切ったということのようだ。すると、東洞院通のときと同じように、浄化札に御朱印のようなものが浮かび上がり、光となって飛んでいく。

私はその光の筋を見送りながら、思わずパチパチと拍手した。錦小路さんが労うように、私の肩にポンと手を乗せた。

「さあ、帰って夕餉だな！」

「わぁーい、麻呂はねぇ、だし巻き玉子山盛り〜」

「私も食べたいです！」

「余もいただく」

「おう、みんなまとめて任せとけって」

この微笑ましいやりとりの中に、私もいる。

そう思うと、心から温かい気持ちになった。

その晩は、初日と同じく東洞院くん、西洞院くん、錦小路さん、綾小路さん、主上さまが集まり、京で盛大な宴席が設けられた。

「うーん、やっぱり錦小路さんが作る料理は、本当に美味しい。美味しすぎて語彙を失っちゃうくらい美味しい」

「あっははは、ありがとな」

「いやホント、美味しいしか出て来なくなるくらい美味しい。あ、また言っちゃった」

「錦ぃの料理は、どれも美味しい～。でも、だし巻き玉子が一番好きぃ」

「私も、このだし巻き玉子大好き」

「麻呂たち、気が合うねぇ～」

「さあ、えんどう豆とエビのヒスイ煮もあるぞ！　そんなに褒められたら、僕も作り甲斐がある。どんどん出すからしっかり食べてくれよ！」

「わぁい！」

通りが浄化されて心配事から解放されたからか、東洞院くんは初日よりも大はしゃぎしながら、コロコロと笑っている。シャイな印象が勝っていた西洞院くんとも、今ではかなり距離が縮まった。主上さまも今回の結果に満足している様子で、隣に座る綾小路さんがお酌するペースも早い。

そして、宴もたけなわになってきた頃。縁側に出て夜風に当たり涼む私に、東洞院くんと西洞院くんが話しかけてきた。

「ねえねえ、おなかもいっぱいになったことだし、ちょっとお散歩しない？」

「今回、神和には世話になったから。落ち着いたところで、あらためてお礼も言いたい」

彼等の案内で月明かりの下、裏庭を散歩した。小道には燈籠（とうろう）が等間隔に立ち並び、幽玄な明かりが灯されている。その脇を、小川がサラサラと流れる音も涼しげだ。ほろ酔い気分が少しずつ冷まされていくのも心地よい。私たちは、浄歩の続きをするかのように、一

緒に手を繋いで歩いた。私が真ん中。右手に東洞院くん。左手に西洞院くんだ。

「楽しかったねぇ！」

「ありがとう」

左右からまったく同じタイミングで言葉が飛んできた。あはは、さすが双子だなぁ。でも、お礼を言うのは私の方だよ。

私は立ち止まり、手を離して彼等の前に立つ。

「あのね、私、なにをやっても上手くいかない自分が本当に嫌いで、そんな私をずっと消してしまいたいって思ってたの。でも、ふたりが私を励ましてくれて、本来の私を思い出させてくれて……だから、あなたたちに出会えて本当によかった」

「大事なのはさぁ、自分は自分の味方でいることだと思うよ～」

「自分は自分の味方か。そうだね、ありがとう」

すると、そこに主上さまがやって来た。

「神和の務め、ご苦労であった。ところでそなた、ここへ来た頃よりよき目をしている。どうやら迷子も解消されたようじゃな」

「……はい。通神さんたちと出会って、浄歩をして、なんだか少し前向きになれたような気がするんです」

「ふむ。それはなによりじゃ」

「それも、通神さんたちと心を通わせることができたからなんだろうなって。希望に続く『道』が見えるようになった……なんて、ちょっと大袈裟かもしれませんけど」

私は主上さまに笑顔で応える。

「そなたには、通神を統べる者として感謝しておる。京の都は、いつでもそなたを歓迎するぞ。此度のそなたの中から生まれた、そのかんざし――祝華は、千代に八千代にそなたへ加護をもたらすであろう」

主上さまが穏やかな口調でそう言うと、急に猛烈な眠気が私を襲った。

「あれ、おかしいな。そんなにお酒、飲んでないはずなのに……」

私は双子の方を向く。視界がぼやけているものの、おそらく彼等は笑顔だろう。東洞院くんは手を振っている。ああ、でも、その輪郭もどんどんあやふやになっていって……そこで私の意識は途切れてしまった――。

目を覚ますと、見慣れない天井があった。

「ここ、どこだっけ……」

まだはっきり覚醒しない頭で考えてみる。だけど、どんなに考えても答えに辿り着かない。仕方なく、まだ温かい布団に包まっていたい身体をゆっくりと起こす。

白い壁。畳。ぐるりと見回す。襖。うちよりも大きなテレビ。床の間に飾られた活け花。

障子。その向こうには広縁と呼ばれる、テーブルや椅子が置いてあるスペース。そこは、私が予約していた老舗旅館の客室だった。そして、私は旅館の浴衣を着ている。

「いつの間にチェックインしたんだろう……？」

スマホで日付を見ると、京都にやって来た翌日の朝だった。それなのに、京都駅を降りた辺りから今までの記憶が、すっぽりと抜け落ちている。ただ、あまり悪い気分ではないのも不思議だ。なんだかとても壮大で、だけど、とっても素晴らしい夢を見た気がする。きっと移動で疲れていただけだろう。たぶんすぐに思い出す。そんなことより、せっかく京都に来たんだから、この旅行を思いっ切り楽しまなきゃ損だ！

あれ……私って、こんなに前向きな考え方ができる人だったっけ。

「そうだ、大浴場！」

予約する際に案内を見て、この旅館に決めた要素のひとつだ。楽しみにしていたのだけど、昨日入った記憶は無い。でも、もし入っていたとしても、もう一度新鮮な気持ちで楽しめる！

私は飛び起きて、浴衣の着崩れを直し、持つものを持って部屋を出た。

朝風呂を楽しんだあとは私服に着替え、旅館の食事処で朝食に舌鼓を打つ。そういえば、昨日の夜も大層豪華な料理の数々を食べた気がした。だけど、宿泊プランに載っている写真を見てもピンとこない。まあいいか。まだ何泊かできるし。これからたくさん堪能しよう。

　さてと。今日はどこを回ろうかな。予定でガチガチに縛られて焦る旅になるのも嫌だから、今日の予定もしっかりは立てていない。これって、最高に自由で贅沢な大人の時間の使い方じゃない？　ブラボー社会人。そう思えば、これからの日々の仕事にも張りが出そうよね。

　私は旅館を出ると、とりあえず気の向くまま歩き出した。春の陽気が心地よい。空は雲ひとつ無い快晴だ。

　東洞院通。そう書かれた看板が目につき、なんだか懐かしいような気持ちになった。道幅の狭い通りで、歩いている人も多いし、自転車や車が賑やかに南を向いての一方通行。私も南へ向いて入ってみる。だけど、そこを歩くことに不安はまったく感じなかった。そして、この通りも、なんだか私を優しく迎え入れてくれているような気がした。これは初めての感覚だった。

　そのまましばらく歩いていくと、錦小路通という表示が目に入ったので、西方向へ曲がってみた。進むほどに、古い町家が残っている。歩くとなんだか、だんだんと温かい気持ちになってきた。このまま行くと、なにがあるんだろう。スマホで地図を検索してみる。西洞院通……へえ、東洞院通と西洞院通なんて、なんだか対の双子みたい。よし、そこも歩いてみよう。

「ふふっ、おっかしい」

思わず笑みがこぼれる。私、さっきから細い道ばっかり探索してる。でも、京都という街を歩いているだけで、十分楽しい。碁盤の目状に交わる通りのひとつひとつが、なんだか愛おしい。初めて来たはずなのに、私はまるで、一度誰かに丁寧に案内をしてもらったことがあるような親しみを覚えていた。

そして、数日後。東京に帰る日がやって来た。旅館をチェックアウトすると、私はもう一度東洞院通を歩いて、京都駅に向かった。なんとなく、最後にお別れをしたいと思ったからだ。なんだろう、この感覚。この旅行中、いろんなところを見て、いろんな通りを歩いた。でも、その中でも東洞院通と西洞院通が、自分の中で特別な存在になっているのが不思議だった。人生の迷子だった私を導いてくれたのが、このふたつの通りのような気がするのだ。

京都駅。改札を入り、新幹線のホームに立つ。しばらくして、新幹線が入線するとドアが開き、乗り込もうとした瞬間、風が、そっと優しく私の髪を撫でていった。

「あれ……そういえば、かんざしが無い……？」

ちょっと待って。なんで私、かんざしなんて思い浮かんだのかな。あ、お土産で買ったからか。それはちゃんとキャリーバッグの中に入っている。

　ふと、風が通り抜けていった先に視線を感じたので、振り返る。そこには誰もいないけれど、私は「また来るね」と呟いて、新幹線に乗り込んだ。

　明日からは、また仕事の日々だ。でも、心の中は清々しい。なによりこの旅で、以前よりも少しだけ、自分のことが好きになれた気がするから——。


「神和が帰っちゃったぁ。麻呂たちのことも視えなくなっちゃったし、寂しいよぉ……麻呂も新幹線に乗ればよかったぁ～」

「だから、見送りなどしない方がいいと言ったのに。まあ、名残惜しいのは、余も同じだが」

　ホームから発車していった新幹線を視線で追いながら、東洞院と西洞院は寂しげな表情を浮かべていた。新幹線はどんどん小さくなって、すぐに見えなくなる。

「また来るねって言ってたよね？」

「そうだな」

「ねぇ、にいさま。神和はいつ来ると思う？」

「さあ、どうかな」

「神和、麻呂とにいさまの通り、いっぱい歩いてくれたよね」

「そうだな」

「もう。にいさまはもっと他にないの⁉」

すると、西洞院が東洞院に鋭い視線を送り、口を開いた。

「ある……東。他の通神に、今回のことは内緒だということは覚えているな？」

すると、東洞院は「あっ」と小さく声を上げ、すぐに「しまった」というような表情へと変わっていった。

「むろ～に話しちゃった……」

「っ⁉　……時はすでに遅かったか」

「……麻呂、すっかり忘れてたぁ……澱のせいだ！」

「東、今はもう澱のせいにできない」

「だよねぇ……ひゃ～、むろ、忘れてくれないかなぁ、とほほ～」

何度も言うが、東洞院が「むろ」と呼ぶのは、同じ通神である室町（むろまち）のことだ。

「だって、むろ～や新町（しんまち）も最近、記憶があやふやになってるのを気にしててさぁ。放っておけなくて、思わず……言っちゃった」

「それで、彼等はなんと」

「……主上にかけあってみるって」

それを聞くと、西洞院はジト目で東洞院を睨む。しかし、それも当然だろう。室町と新町が丸太町のところへ行った時点で、話の出所は明らかとなる。東洞院もそれに気付いているから、怒られるのではないかと戦々恐々としていた。

「でもでも！　麻呂たちの通りだけ内緒で浄化するなんて、ズルいでしょ。これはやらなきゃいけないことだし。麻呂はよいことをしたよね？」

「その言い訳で許してもらえるかは、主上さま次第だな」

「……どうして話しちゃいけないのかなぁ？」

「きっと、なにかお考えがあるのだろう」

「うう……わかったよぉ……言いたくても我慢するぅ」

しかし、東洞院の性格を誰よりも知る西洞院は気付いている。内心では他の通神たちに言いふらしたくて、ウズウズしている弟のことを。

「まったく。そういう抑えがきかないところは、直した方がいいぞ」

「もう、わかったってぇ」

それでも、まだ信用ならぬといった顔付きを見せていた西洞院だったが、釘は刺したのでこれくらいにしておくかと、引き下がることにした。そして「ふう」と一息ついて、それまでの厳しい表情を引っ込めた。

「余は少し気になることがあるので、主上さまに会ってくる」

「うん、いってらっしゃ～い」

東洞院はあからさまに安堵した様子。怒られるにしろ、できればもう少しほとぼりが冷めてからの方がよいと、彼は考えていた。

そして、東洞院と西洞院は京都駅を出たところで、東と西に別れていく。


丸太町屋敷にやって来た西洞院は、浄歩の最中にずっと気になっていたことを報告した。不安にさせてはいけないと思い、神和には言わないでいたことだ。

「実は……儀式の初日に歳破神さまと会ってから、ずっと複数の視線を感じておりました。どうやら、この儀式は八将神さまに監視されているようです」

すると、丸太町はしばし考えるような素振りを見せる。

「……主上さま？」

「うむ。わかった」

一言答えたその様子から、西洞院はとりあえず、この件が主上の預かりとなったことを理解した。しかし、彼の用件はこれだけではない。あまりよくない報告ばかりで気が重かったが、仕方無い。損な役回りだと、彼は頭の中で自嘲した。

「あと……実は、東が室町に、浄歩のことについて口を滑らせてしまったようなのです」

「ああ、そのことならもう知っておるぞ」

「……申し訳ありません」

「いや、いいのじゃ。つい、今しがた室町が訪ねてきた。ゆえに、神和さえ見つかれば、内密に儀式を行うことを許可したところじゃ」

「そうでしたか」

「じゃが、これからはうっかり口を滑らせることの無いよう、東にはわたくしからもきつく言っておくぞ」

その方がよい。西洞院はそう思った。なぜなら、自分が言うよりも効くからだ。けれど、丸太町に厳しく注意されたとしても、結局は東洞院の無邪気な言い訳に皆が呆れて、場が和むことになるのだろうなと想像し、思わず笑みをこぼした。

「ほう……」

「いかが致しましたか？」

「いや。西洞院が浄歩を経て、そんな顔をするようになったかと思うてな」

そう言うと、丸太町も猫のお面越しに目を細め、小さく笑った。

第二章　母の悩み、子の望み

「……どうしたものでしょうね」

「東洞院の話では、あるときバッタリ出会ったのだろう？　ならば、運に身を委ねるしかない」

　この日も室町と新町は、京都中の通りという通りを並んで歩いていた。

　室町が彼等の主上――丸太町に相談し、神和を探す許可をもらってから、もうすでに結構な日数が経ってしまっていた。

　いくら物忘れがひどくなっているとはいえ、日々通りの安寧を祈ることと同様、ふたりにとってはこの神和探しも、すっかり日課となっている。だが、肝心の神和がどうしても見つからない。

　今、この2条は新町通を南からずっと北上しているところだ。そして歩き切ったら、今日も神和探しの散策は終了となる。道行く人々に真面目に声をかけながら進んでいけば、北端に到着する頃には陽が沈む頃となるだろう。

「こういうものは縁というもの。今日が駄目なら明日がある」

「そうですが、早く通りを浄化した方がいいかと」

「焦ってもいいことはない。だろう？」

「貴方のそういうところ、本当に変わりませんね」

逸る室町に対して、新町はアッシュブロンドの長髪を風に揺らしながら悠然と構えている。だが、周囲を見回せば、やはりそこかしこに澱が発生しているのだ。そして、それらは確実に彼等の記憶や力を蝕んでいる。

新町通が分断される京都駅を南から反対側へ渡り、さらに北へと向かう。

室町の算段では、人通りの量を考えれば、駅が最も神和と出会う確率が高いだろうと考えていたのだが、その期待は、今日も空振りに終わった。

どんどん北へ。もっと北へ。

確かに新町の言う通りかもしれない。行けば行くほど、この日もダメかという気持ちが増してくるのは、精神衛生上よくないこともたしか。

室町がそれを歯痒く思いながら、もうしばらく歩き、三条通を渡った辺りで、ふと隣に視線を移す。

「おや？　新町がいない……」

振り返ると、後ろの方に彼の姿があった。

「あんなところに。……ん？　あれは、子供？」

　彼は、まだ小学校にも上がらないくらいの小さな男の子と手を繋ぎ歩いていたのだ。

「……貴方(あなた)、いつの間に子供を？」

「違う。俺の子ではない」

「そんなことはわかっています。そういう意味ではなくて」

「迷子のようだ」

「それは大変ですが、そうではなくて」

「なんだ」

　どうにも要領を得ない彼等の会話に、男の子はきょとんとしながら、無垢な顔を順に向ける。

「私(わたくし)たちのことが視(み)えるということは、この子供……神和なのでは？」

　メガネを指先で直しながら室町がそう言うと、2条は、新町の人差し指をぎゅっと握ったままの男の子に視線を落とした。そして、迷子なはずの男の子は、どういうわけかにっこりと安心しきったような笑顔を見せた——。


　右を見て。

　左を見る。

お母さんの姿はどこにもない。

目の前を通り過ぎていく人はみーんな楽しそうなのに、ぼくはひとりだけ全然楽しくない。それどころか、泣きたくなるのをがんばって我慢してるし。

「どうしたらいいんやろ……」

ぼくはこの街、京都に住んでいる。

京都は、不思議な場所。

京都には旅行で来る人がいっぱいいる。

祇園祭（ぎおんまつり）になると、もっともっといっぱい増える。

山鉾（やまぼこ）がやって来て大盛り上がりする時間になると、お父さんに肩車してもらった高さからは地面が見えなくなるくらい、人でいっぱいになるんや。

だから迷子にならないように、いつもより気を付けなきゃいけない。

でも、今はちがう。だからって、ボーッとしてたわけやないんやけど……。

今日は日曜日。だからやっぱり人が多かった。

「ぼくがコンチキチンの音の方に勝手に行ったからや……」

戻ろうと思ったときには、お母さんがどこにいるのかわからなくなってしまっていた。

「泣かへんもん……」

いくつかの通りを進んでみたり、戻ってみたり、曲がってみたりを繰り返す。

「あねさんろっかく、たこにしき……」

少しでも楽しくなるように、通りのおうたを歌いながら。

それでも、やっぱりお母さんの姿は無い。

今日のお母さんの服は、どんなんだったっけ。

焦るとうまく思い出すこともできない。

交番に行けばいいんかな。でも、おまわりさんがいる交番がどこにあるのかもわからへん。

「うぅ……」

どんなに意地を張っても、やっぱり目に涙が溜まっていくのがわかる。

それをごしごしこすって止める。

泣いたらあかん。泣いてもお母さんは見つからへん。

それに涙をこぼしたら、いよいよ悲しい気持ちまで止められんくなって、二度とお母さんに会えないって不安が、どんどん大きくなるやろ。

おとこのこなんやから、気持ちだけは強く持っておかな。

ぼくは心の中で、何度も自分にそう言い聞かせる。

「やっぱり、誰かに助けてもらったほうがいい。そうするしかないやん」

でも、誰に……？　きょろきょろと辺りを見回してみる。

そうしたら、たくさんの人がいる中に、特別な感じの二人組のお兄さんを見つけた。

「あ……！」

ぼくはそのお兄さんたちを見て、胸がとってもドキドキした。

だって、ぼくはあのお兄さんが何者なのかを知ってるで。

他の人には見えないみたいだけど、それがどうしてなのかはわからないけど。

かっこいい着物を着てて、背が高くて。

そう、あのお兄さんたちはヒーローや！

あの人なら、絶対にぼくを助けてくれる。

だから、ぼくはそのお兄さんたちのところに一生懸命走っていって、片方の、日焼けしたお兄さんの手を掴んだ。

だって、毎日外で遊んで日焼けしてるぼくと同じやと思ったから。

「ん……？」

ぼくが手を掴んだお兄さんは、こっちを振り向いてくれた。

もうひとりのメガネのお兄さんは、そのまま歩いていっちゃったけど、こっちのお兄さんは話を聞いてくれそう。

「あの、お母さんがどこにいるのかわからなくなってん……」

「……そうか。それは大変だな」

近くに来ると、お兄さんは他の人と違って、なんだか全部がキラキラして見える。ひらひらした着物も、きれいな飾りも、特別な人しか持っていない特別なものみたい。テレビで見てるヒーローだってそう。あの人たちしか使えない特別な武器やアイテムを持ってて、特別な服装をしてるやろ？

だから、絶対にこの人もヒーローで間違いないと思う。

「一緒に探してやろう」

「ありがとうございます！」

たぶん、今までで一番いい「ありがとう」が言えたと思う。

家や幼稚園では、なにかしてもらっても、少し照れながらだったり、ときどき言うのを忘れて注意されたりするけど、相手がヒーローなんだから、そういうのはちゃんとしたほうがいい。もちろん、普段からちゃんとしなきゃいけないんやけど、やっぱりヒーローには、ぼくがいい子なんやって思ってほしい。

お兄さんは歩き出す。

ぼくも、お兄さんの人差し指を握ったまま一緒に歩く。

優しいお兄さんは、ぼくに合わせてゆっくり歩いてくれてはる。

そうしたら、しばらく歩いたところで、前を行くメガネのお兄さんもこっちに気が付いて近付いてきた。

やっぱり、この人も仲間やったんだ！

「……貴方、いつの間に子供を？」

「違う。俺の子ではない」

「そんなことはわかっています。そういう意味ではなくて」

「迷子のようだ」

「それは大変ですが、そうではなくて」

「なんだ」

「私たちのことが視えるということは、この子供……神和なのでは？」


「さて、これからどうする」

日焼けのお兄さんが、メガネのお兄さんに話しかける。

「この子の母親を探して、安心させてあげるのが先でしょう。いくらこの子が神和かもしれないとしても」

「そうだな」

よかった！

やっぱりこのお兄さんたちは、ぼくが思っていた通りの人たちやった。弱い人を守り、正義を貫く。困っている人がいれば放っておかない。それが――。

「お兄さんたち、やっぱりヒーローやったんやね！」

「……ヒーロー？」

ぼくの興奮とは反対に、お兄さんたちはぽかんとしながら首を傾げた。

あれ、変やな……違うん？

「ヒーローというのは、あの、幼児向けの、悪者と戦ったりする極彩色の集団ですよね。

そうそう、二条も好きだと言っていました。確か、年に一度新しくなる……」

「新しいヒーローなん？　番組はいつから始まるん？」

「悪いが、俺たちはヒーローじゃない。通りの神だ。わかるか？」

「そういえば、まだ名乗っておりませんでしたね。私は室町といいます」

「俺は新町だ。ちなみに、今いるこの通りが新町通。つまり、俺はここの化身というわけだな」

「神様のヒーローなん⁉　すごいすごい！」

お兄さんたちは、人じゃなくって神様やった。神様のヒーローなんて初めてや！

興奮したぼくが日焼けのお兄さん――新町さんの手を掴んだままぴょんぴょん跳ねると、お兄さんたちは顔を見合わせて笑った。お父さんやお母さんがたまに見せる、「仕方ないな」みたいな顔だ。でも、どうしてかわからへんけど、このお兄さんたちと一緒にいたら、絶対に大丈夫な気がした。

そうしたら、新町さんがしゃがんで、ぼくに目線を合わせて言った。

「坊主、名前は？」

「えっとな——」

あれ……？

名前が思い出せへん。

このお兄さんたちゃったら、名前を教えても大丈夫って信じられるのに、なんでかわからへんけど、どんなに考えても自分の名前が出てこーへん。

「あんな、名前……忘れてしもうた」

ぼくが困った顔をしていると、メガネのお兄さん——室町さんが新町さんに言う。

「そういえば、主上さまが仰っていましたよ。神和になった人間は自分の名を忘れると」

「なるほど。ということは、やはり」

「この子が神和であることに間違いはなさそうですね」

ふたりがぼくを見る。

とっても真剣な顔してる。

その目を見ていると、なんだか吸い込まれそうや。

でも、「かんなぎ」ってなんやろう。

ぼくのことなんかな。

そんな疑問が湧いたので、その通りに聞いてみる。そうしたら、室町さんはぼくにもわかるように教えてくれた。

「私たちは神ですから、普通の人間には視えないのです。でも、私たちのことが視える、とても珍しい人間がたまにいます。それが『神和』となり得る存在です」

「それってすごいん？」

するとと、今度は新町さんが答えてくれた。

「ああ、すごい。俺たちのことが視える人間を、毎日京都中探し回っていたが、会えたのはお前だけだ」

そういえば、さっきこのふたりを見つけたときも、他の人たちには全然見えてないみたいやった。こんなにキラキラしてて特別な神様なのに。

ということは、ぼくも特別なん？

なんかワクワクしてきた！

「あ、でも。ふたりが神様なんやったら、街をウロウロしてていいの？　神様って普通、神社とかにいるねんで？」

すると、ふたりは再び顔を見合わせて笑った。

「この世には貴方が想像するよりも、もっとたくさんの神がいるのです。ですから、神社にいる神もいれば、そうでない神もいます。ちなみに、私たちは通りを守る神なので、街を出歩いたりもします」

「へぇぇ」

なんかすごいことを教えてもらった気がする。

そして、自分まで少し賢くなったような気もする。

そっか、だって、これは特別なことなんやから。

「よう」

室町さんと新町さんが、声のした方に振り返る。

ぼくもそれにつられて、そっちを見た。

そうしたら、そこにはふたりに負けないくらい派手なお兄さんがいた。真っ赤な髪がかっこいい。この人も仲間なんかな。ということは……レッドや！

「なんだ……お前ら。仲睦まじいと思っていたら、とうとう子供まで……」

「違いますよ」

ちょっとびっくりした顔で聞いてきたレッドのお兄さんに、室町さんはすぐ反応する。

「あっははは、冗談だ。で、なんでこいつは俺様たちのことが視えてるんだ？」

豪快に笑うレッドのお兄さん。

ヒーローだと、たいていレッドはリーダーの色だ。

やっぱり、この人もリーダーなんかな。

ぼくがそんなことを考えながら、お兄さんたちの顔を見比べていたら、室町さんは少し困ったような顔になる。そして、ため息をひとつついて喋り出した。

「……実は、あまり他の通神には話さぬよう、主上さまから言われているのですが、この状況を見られてしまっては仕方がありませんね」

「俺様は言いふらしたりしねえ」

「絶対ですよ。この子は、通りの浄化を共に行うことのできる神和なのです」

「なんだそれ。そんなことができるのか！」

「話は最後まで聞いてください。しかし今、この子は母親とはぐれてしまって迷子なのです」

「ははーん、なるほどな」

すると、レッドのお兄さんは、ぐんっとぼくに顔を近付けてきて、やんちゃそうな笑顔を見せた。

「俺様は河原町(かわらまち)ってんだ。河原町通の通神(とおりがみ)よ」

「う、うん」

ぼくはちょっとだけびっくりしてもうて、言葉に詰まる。

河原町さんは、とっても元気な人なんやな。

「だったら、俺様も母親探し、加勢してやるぜ！」

「あ、ありがとうございます！」

そのとき、ぼくのおなかが「ぐう」と鳴る。

そうだ。お母さんとお買い物が終わったら、帰りにおやつを食べる約束をしてたのに、その前にはぐれちゃったから、食べ損なったんやった……。

「なんだ、腹減ってんのか」

「うん……」

「それなら母親を探しがてら、なんか食いに行こうぜ！　腹が減ってちゃ元気も出ねえだろ。それでいいよな、室町、新町」

「そうだな」

「いきなり現れた貴方に仕切られるのは癪ですが、実のところ、選択肢はそれしかないでしょうね」

新町さんと室町さん、あと河原町さんとぼくは歩き出す。

そして、ぼくはそのあいだもずっと、新町さんの指を握っていた。

「ほら、火傷すんなよ」

河原町さんがたこ焼きを串で器用に半分にして、その串をぼくに渡してくれた。

ここは、さっきの場所から少し歩いたところにあるたこ焼き屋さん。もしお母さんが通りかかったら、見つけられるように、外にテーブルと椅子があるお店を選んでくれてん。

そうそう。お兄さんたち——通神って言ってたっけ——は、普通の人には見えへんはずやったんやけど、不思議な力を使うと見えるようにもなるんやって。そうすると、さっきまでの綺麗な着物じゃなくなって、普通のお洋服にも着替えられるみたい。

だから、新町さんや室町さんは、お仕事中のお父さんみたいなスーツの恰好。

そして河原町さんは、背中におっきく虎が描いてある真っ赤でピッカピカなジャンパーやねん。かっこいいなぁ！

それで、そんな格好になった河原町さんがたこ焼きを買ってくれて、今はこうしてみんなで食べてるってわけ。

ぼくは、半分に切ってもらったたこ焼きを串で刺して口に近付け、よくフーフーしてから食べた。それでも中は少し熱くて、ハフハフ言いながら噛む。ソースのいい匂いは、なんだかお祭りに来てるような気分になってくる。

「うまいか？」

「うん！　めっちゃ美味しい。ありがとう、河原町さん」

ぼくが笑うと、河原町さんも笑う。

ふと目を向けてみると、室町さんもぼくたちのやりとりを見て、柔らかな笑顔を浮かべてる。

「子供はかわいいですね」

「ああ、そうだな」

室町さんに、新町さんはとっても優しい声で返事をした。

それから新町さんは、テーブルに置かれたたこ焼きをじっと見つめる。

すると、室町さんもなにかに気付いたみたい。

「……貴方も食べたいのですか？」

そうしたら、新町さんは目をキラキラさせて、あんぐりと大きく口を開けた。

あはは、新町さんも子どもみたいや。ぼくだって、お外ではちゃんとひとりで食べられるのに！

「まったく、どちらが子供かわかりませんね」

室町さんはたこ焼きをひとつ串に刺すと、フーフーしてから新町さんに食べさせてあげた。

もぐもぐしている新町さんは、とっても幸せそう。でも、それを見てた河原町さんが、目をまんまるにして声を上げる。

「お前ら、相変わらず近いぞ……距離が」

「そうですか？」

「ああ。いつもながらに近すぎる」

「……ところで、考えたのですが」

「なんだよ」

「一旦、この子を京に連れて行きませんか」

「母親を探すのが先だったんじゃないのか」

たこ焼きを飲み込んだ新町さんも、口を挟む。

新町お兄さん……唇に青のりがついてるのは、教えてあげた方がいいんかな。

「もちろん、そうなのですが、この子の足では探し回る範囲も狭くなります。それに、いずれにせよ、この子は神和。だとするなら、結局京に連れて行くことになりますから。母親を待つ間に、神和を主上さまに引き合わせつつ、こちらも詳しい浄化の仕方を伺っておいた方が効率的では？」

「まあ、そういうことなら、コイツ次第だな」

「坊主、どうする？　母親は必ず見つけてやる。俺たちの住む世界に来てくれるか？」

ぼくは少し考えたんやけど。

行かないっていうのは無いんやないかな。

あ、でも、その前に聞いておきたいことがあった。

「さっき、河原町さんが通りのじょーか、って言ってたけど、かんなぎって……なにをするの？」

「私たちと一緒に、澱というよくないもので汚された通りを綺麗にするのです。先程も言いましたように、神和となれる人間は珍しい。ですから、私たちは貴方に頼るしかないのです」

……すごい！

これって、神様のヒーローがぼくの力を必要としてるってことやんな！

「ぼく、行く！」

「そうか、じゃあ、決まりだな！」

「では、京へ連れて行くのは、新町と河原町に任せてもよろしいですか？」

すると、河原町さんが室町さんに向かって、テーブルへ身を乗り出した。

「なんでだよ。誰かが連れて行くにしても、探すのは2条がかりでやった方がよくないか？」

「新町が来ても、結局付きっきりになってしまいますから、手分けして探すことはできませんし、貴方に人攫(さら)いはできても、人探しができるとは思えません。ただでさえ今、この子の母親は不安な気持ちでいっぱいなはずですよ。その上、警戒までさせてしまってはいけませんから」

あ、河原町さんが「ぐぬぬ」ってなりながら、なにも言い返せないでいる。

なんかおもしろい！

「早くお母さん、見つけてや！」

「ええ、任せておいてください」

そう言うと、室町さんは席を立って歩いていった。

ぼくはそれを見送った。

室町さんが何歩か歩くと、服装が元通りの着物になる。

ぼくには視えているけど、これで他の人には見えなくなったんやろうな。

ヒーローは変身するもんね。

「よし、俺様たちも行くかぁ！」

ぼくたちは残ったたこ焼きを平らげると、立ち上がる。

「あ、ちょっと待って。新町お兄さん」

「ん？　なんだ？」

「唇に青のりついてるで」

「む……ありがとう」

新町お兄さんは頭をポリポリ掻きながら、口元を拭く。

「教えてもらえてよかったな。そのままじゃ、主上さまにも笑われてたところだぜ。それじゃあ、行くぞ」

河原町お兄さんは笑いながら言った。

行き先は京。どんなところなんやろう。お兄さんたちと一緒なら、ぼくは全然怖くない。

「見てろ。思いっきりかっこよく連れてってやるぜ」

河原町さんがぼくの手を取り、優しく繋いだ。

「通仕るっ！」

そうすると、切り取られた景色が遠くなっていく。

ぼくが後ろに下がっていったんやなくて、景色が向こうに吸い込まれるみたいになったんや。

それがすごく不思議で、はじめての感じやったから、ぼくはびっくりして、ぎゅっと目をつむった——。


もし、事故にでもあっていたとしたら——。

考えたくもない想像が、いくつも頭に浮かぶ。その分だけ焦燥感は高まっていく。

店を何軒もはしごしたから、息子——繋が飽き始めていたのには気付いていた。だけど、もうすぐ祇園祭。町内会の役員として、祭に毎年参加している夫とも話し、そろそろ繋にもなにかしら参加させてみようということになった。そして、この梅雨時にようやく晴れた今日、子供用の法被を見繕い、ついでに、他の細々とした買い物も済ませてしまおうと出かけてきたのだ。

けれど、次の店に向かう最中、姑から電話がかかってきた。悪い人ではないのだが、いつも話が長くなる。そして、ようやく電話を切ってホッとした次の瞬間、近くにいたはずの繋はいなくなっていた。

そう遠くには行っていないはず——随分と探し回り、途方に暮れる。

何度か夫にも電話をかけたが、繋がらなかった。

「嫁いできて随分と経つのに……他に頼る人もいないなんて……」

しばらくして、私はとりあえず近くの交番へ向かうため室町通を直進し、老舗の手ぬぐい屋さんの前に差しかかった。すると——。

「もし、そこの貴女」

「⁉　私ですか？」

不意に声をかけられた私は、飛び跳ねるようにビクッと反応し、振り返る。

すると、そこにいたのは、艶やかな薄黒髪に薄藍色の瞳を持つ、メガネをかけた男性だった。彼が歴史ドラマに出てきそうな若竹色の美麗な和装を身に纏っている事実に、やや驚かされつつも、京都なら、そこまで突飛すぎる恰好ではないと思い直した。レンタル衣装を着て歩く観光客は、ごまんといる。

「驚きましたね……正直、可能性は半々だと思っていたのですが」

「ええと、なんでしょう。今、私、急いでいるもので」

「ああ、お待ちください。貴女は今、お子さんをお探しではありませんか？」

「どうしてそれを」

「私の友人が保護しております」

それを聞いて、私は心の底から安堵した。

そして、目の前の男性は、息子の服装や見た目の特徴、そしてヒーローが大好きなことまで言い当てた。息子の名前を出さなかったのは、きっと繋が言わなかったのだろう。普段から、知らない人に名前を教えてはいけないと、きつく言って聞かせていたから。

「よかった……。それで、息子はどこに」

「ええ、今から息子さんのところへお連れします。ですが、その前に――」

彼がメガネの位置をくい、と直す。

「なんでしょう……？」

「私、実はこの通りの神――通神なのです。名を室町と申します」

あまりにも突拍子の無い自己紹介に、私は目を丸くする。しかし、今いるこの通りと同じ名前の室町さまと名乗った男性の瞳は、真剣そのものだ。決して冗談を言っているようには見えない。

「驚かれるのも無理はありません。しかし、私も少なからず驚いております。まさか、母子揃って神和とは」

「神和……？」

「普通の人間は私たち、通神のことを視ることができません。ですが、それが視える人間――それが神和となり得る存在なのです」

「はあ……」

「もし、一度なにもせずに声をかけてみて、気付かれないようなら、こちらから姿を見せるつもりでした。ですが、貴女はこのままで私が視えた」

「それが、神和……」

　正直、ピンときていない。相手が神様で、私は特殊な人間であるということに。しかし、彼の低く響く透き通った声で言われると、妙な説得力が感じられた。

「今、貴女のお子さんは私たちの世界――京にて保護しております。ぜひ、貴女にもいらしていただきたい」

　神隠し――一瞬、その言葉が浮かんだが、考えないことにした。

　少なくとも、悪いことを考えているようには見えない。

　室町さまについて行けば、息子に会える。

「わかりました。どうか、息子の元へ連れて行ってください」

「ご理解ありがとうございます。では――通仕る！」

彼が澄んだ声で唱えると、ぱたん、と景色の表裏が逆転した。

それはまるで、視界が一枚のパネルだったかのように。

そして、裏側の景色はというと、まるでタイムスリップしたみたいに時代がかった建物が並び、その上、地面はアスファルトでなく剥き出しの土だった。

「こちらです」

室町さまの声がした方を向くと、そこには立派な門がある。

そして、彼は中に入るよう仕草で促す。

門の向こうには、枝ぶりのいい松の木が配された、壮大で美しい庭園が見える。昔の日本の風景画のようで、少々、入るのがはばかられる。

「ここに、息子が……？」

「はい。遠慮なさることはありませんよ。ここにいらっしゃるのは、私たちの主上さまですから」

そう言われると、余計に緊張してしまう。しかし、ここに留まるわけにもいかないので、私は促されるまま彼のあとに付き従った。

ここは、神様の住むところ。

冷静に考えると、これはとんでもないことだ。

なんで私は、こんなところにいるんだろう。

あまりの急な展開に、眩暈(めまい)を起こしそうになる。

雅やかな庭園を奥へ進むと、現れたのは、これまた立派な日本家屋。

しかし、それに見惚れる間もなく、玄関と思しき戸が開く。

すると、中からパタパタと、あれほど探し回っていたにもかかわらず見つからなかった息子が、こちらに駆けてきたではないか。

「お母さん！」

「よかった……本当に心配したんだから」

一直線に駆け寄ってきた息子は、そのまま私の腰にしがみつく。

私はそれを一度離してしゃがみ、しっかりと両手で抱きしめなおす。

「無事でよかった……！」

「ごめんなさい、勝手に歩いていってごめんなさい」

「私もごめんね。もう目を離したりしないからね」

「あんな、ぼく、泣かへんかったよ」

私に会えた安心と、迷子になってるあいだ不安だったのを思い出したのだろう。今は涙で私のシャツを濡らしている息子が、しゃくりあげながら訴えてくる。だから私も、「偉かったね」と言って頭を撫でた。

見れば室町さまと、その隣に褐色肌の方と、赤髪の方がいる。

私はハンカチで息子の顔を拭うと、それを渡して立ち上がった。

すると、息子は目の周りを拭きながら、私の袖を引く。

「えっと、こっちの日焼けのお兄さんが新町さんで、赤い髪のお兄さんが河原町さん。みんな、やさしくしてくれたんやで」

「みなさん、息子を保護していただいて、本当にありがとうございました！」

「ありがとうございます！」

私が深々と頭を下げると、息子も倣ってぶんっと上半身を振り下ろした。それを見て、みなさんはあたたかい笑顔で応えてくれた。

「そうや！　お母さん、これからぼくたち、ヒーローになるねん！」

息子の突拍子もない言葉が、やっと安心した私の心をざわつかせる。

「ヒーローに、なる？」

「そう！　お母さんもやで」

「私も!?　どういうこと？」

息子の話では要領が掴めない。私は困惑して、通神の皆さまに目を向けた。

「では、詳しいご説明は中で致しましょう」

室町さまはそう言うと、私を建物の中に招き入れた。

「神和として、浄歩の儀式を手伝ってほしいのじゃ」

畳敷きの謁見の間にて、丸太町と名乗る神様が仰った。猫の仮面越しでも美少年だとわかる容貌。その物腰は柔らかく、「神々しい」という形容が最も相応しいと思わせる空気を身に纏っている。

「どういうことでしょうか」

「我ら通神は、古くから人の世と繋がっておった。この京都の安寧を祈るのが、我らの役目での。京都に住む者ならわかるであろう。この街は多くの民が行き交う。するとその分、よい影響だけでなく、悪しき影響も出るのじゃ」

「悪しき影響……？」

「そうじゃ、澱という穢れが通りを浸食してきておっての、人の世を守り切れないところまできておる。京都の未来を守る方法は、今のところはただ一つ、人間である『神和』と共に、その澱を浄化するということ。残念ながら、もはや我らだけではどうにもできぬ。すでに、我らの記憶のところどころが失われ、力も削がれておっての。一刻も早く儀式を遂行したいのじゃ」

なるほど。掃除しないと埃（澱）が溜まり、部屋（京都）の環境が悪くなるというようなものか。そして、それを掃除するための手段が『浄歩』という儀式なのね。でも……。

「そんなこと、本当に私たちにできますか？」

「不安になるのはわかる。じゃが、いざというときには、祝華がそなたらを助けるであろう」

丸太町さまは、私の本当の心の内を見透かしたかのように言う。そして、私がおそらく「？」という目をしていたので、さらに言葉を継いでくださった。

「祝華は、あまねく人の心に宿るもの。そして、神和はそれを具現化することができると聞く」

「ぐげんかってなんなん？」

息子が私に疑問の目を向ける。

「形としてなにかモノが出せるんだって」

すると、息子は目を輝かせ立ち上がった。

「ヒーローの武器や！」

「そのようなものかの」

「すごいすごい！　ぼく、それ出したい！」

「こら、お話は最後まで聞きなさい」

興奮する息子をなだめて座らせる。それを見て、丸太町さまは口元を綻ばせ、「よいよい」と仰ってくださった。

「しかし、不思議なのは、澱の堆積量が通りによって違うということですね」

室町さまが口を挟んだ。

「私の通りの方が、新町通よりも澱が多いのはなぜでしょう？　前に浄歩を行ったのがいつのことであったかは忘れてしまいましたが、その回数が影響しているのか、それとも、人の交通量が関わっているのか……」

「ふむ。そうじゃのう。それについては調査中じゃが、様々な要素が絡み合った結果であろうな」

「……日頃の行いか？」

「聞き捨てなりませんね。私は日々のお役目もしっかりとこなしておりますよ」

室町さまはムッとした表情を浮かべて、新町さまに抗議する。一方、私はというと、神様たちのテンポのいい会話に、思わずくすりと笑いをこぼしてしまった。

特に、新町さまと室町さまは常日頃から仲がよいのだろう。些細なやりとりからもその様子が窺え、こんな素敵な神様たちが長い間京都を見守り続けてくださっているのだと、そのことに胸がじんと温まる。

「なあ、俺様の通りも、一緒に浄化できるのか？」

河原町さまが前のめりになって、丸太町さまに問いかける。

「それはできぬ」

「なんでだよ」

「通神と神和は、縁で結ばれた者同士で、はじめてその関係が成り立つもの。出会い方を聞くに、たまたま見かけただけの河原町では縁が足りぬ」

「……ちっ、そうかよ。もうすぐ祇園祭だってのに」

河原町さまは、心底悔しそうな表情を浮かべ、目を伏せた。そして、丸太町さまは河原町さまに、我が子に向ける慈愛と、その奥に少しの切なさが混じったような目を向けていた。

「さて、少し話がそれたが、説明は以上じゃ。そこで、最初の問いに戻りたいと思うが、神和としての役割、引き受けてはくれぬか」

「やる！　やります！」

息子が勢いよく右手を挙げて即答した。

「なに言ってるの！　危ないかもしれないでしょ！」

「だってかっこいいやん！　お兄さんたちのヒーローになれるんやで⁉」

「お母さんがするから、待ってなさい！」

「えー、でも……」

息子が助けを求めるようにちらりと移した視線の先に、通神さまたちがいて、ハッとする。息子の意見だけでなく、彼等の想いまで否定してしまったということに気付いてしまった。

通神と神和は、特別な縁で結ばれていると仰っていた。ということは、息子がはじめに接触した新町さまは、息子としか浄化の儀式ができない可能性だって高い。

「申し訳ありません……つい、目先の心配が先に立って」

「母御としては当然のこと。気にすることはない」

優しい言葉が胸に刺さり、私はいたたまれず俯く。

京都に住む者の一人として、本来なら一も二もなく是と答えるべきなのだろう。神様の申し出を断るなんて、罰当たりにもほどがある。

でも、息子は。

子供だけは、不確定な話に巻き込みたくないと思ってしまう。

そうでなくとも、この子は五歳で、目を離すと迷子になってしまうくらい、まだ様々なことがおぼつかないのだ。

やっぱり手伝うとしても、私一人。

息子の協力は断ろう……。

「やっぱり――」

私が口を開いた瞬間だった。

ずっと不服そうにふくれっ面をしていた息子が、新町さまのところへ駆けて行った。引き止める間もない行動を見て、私は呆気にとられてしまう。

そして、息子は新町さまにぎゅっとしがみつくと、大声で叫んだ。

「お母さんはいっつもそうや！　ぼくの話は聞いてくれへん！　ぼくだって、ちゃんと考えてるんやで！　お兄さんたちが困ったままなんてイヤや！」

そして、新町さまの着物に顔を埋めたまま、テコでも動かないぞと意思表示する。こうなると、本当にどうにもならない。

すると、室町さまが優しい声で話しかけてくる。

「いかがでしょう。ここは新町を信用してはいただけませんか」

「それは……」

「浄歩の際は手を繋がなくてはなりません。ですから、また迷子になってしまう心配はありませんし、なにかあれば、この子の身の安全を第一に致しますから」

「……神様にこんなお願いをするのは間違っているのかもしれませんが……息子を最優先にしていただけますか……？」

「もちろんです。そうですよね、新町」

「任せてくれ。それに俺たちは、願われるのが当然の身だ。約束する」

お二方とも、誠意のこもった視線を私に向けてくれている。神様が約束までしてくださったのだ。私も、信じなくてはならないだろう。

「本当にできる？　通神さまたちに迷惑をかけてはダメよ」

「……できる。どんなに歩いても疲れたって言わへんし、お兄さんたちのこと困らせたりせーへんもん」

結局、私は息子の固い意志の前に折れることになってしまった。心配が、完全に拭い去れたわけではないけれど……。

「……それでは、親子共々、よろしくお願い致します」

「よっしゃあ。俺様も手伝ってやるぜ！」

河原町さまが勢いよく立ち上がり、ガッツポーズを見せた。

「じゃが、河原町。今回は、事の経緯から仕方なく手伝うのを許すが、浄歩のことがあまり急に広まってしまっては、混乱が起こるやもしれぬ。くれぐれも他の通神には口を滑らさぬよう」

「おうよ！　……ったく、さては、俺様が一番口が軽いと思ってるな」

河原町さまは頭を掻きながら、口を尖らせていた。

こうして今、私たちは京都に戻り、久世橋通と新町通の交わる大きな交差点にやって来ていた。新町通はここが南端のスタート地点である。ここから北上していき、北端の玄以通までと、結構な長さの道のりを、これから息子は歩くというのだ。

「なあ。どうせなら、同時進行でやっちまった方が手っ取り早いんじゃないか？」

「それはそうですが……」

河原町さまの提案に、室町さまがちらりと私の方を向く。私の気持ちを心配してくださっているのだ。確かに、できれば息子に同行したい。

「お母さん、大丈夫やで！　だって、ぼくには神様のヒーローがついてるんやから！」

息子が主張するが、迷子にしてしまった直後だけに、私の方が踏ん切りがつかない。

「では、こういうのはどうだ。俺の通りの新町通の浄歩には、俺の他に河原町を同行させる。俺は浄化の儀式を行わなければいけないから、人間たちに訝しがられてもいけないので、姿は現せない。ただし、ずっと手は繋いでいるがな。そして、河原町が姿を見せながら歩き、保護者として振る舞う。これなら安全だろう？」

新町さまの言うことには、確かに説得力がある。

それに新町通と室町通は、並行してすぐ近くを走る南北の通りだ。同じくらいのペースで浄歩していけば、なにかあったときにも、すぐに駆けつけられるはず。

……信じよう。

「では、息子をお願いします」

私が深々と礼をすると、息子は「わあい！」と喜び、ぴょんぴょん飛び跳ねていた。

「それじゃあ、気を付けてね」

「はあーい！」

息子は新町さんの手を握り、新町通を北へ歩き始めた。新町さまは息子の歩幅に合わせて歩いてくれている。その背中は頼もしく思えたし、息子の足取りも軽く、楽しそうだ。

それにしても、いつの間にか現代の格好になっていた河原町さんの服装は……派手なスカジャン。人の目には「年の離れた兄」ということで納得できるのだろうかと、少し疑問は残ったが、あまり気にしないことにしよう。

……どうか無事に浄歩が終えられますように。


さあ、だいぼうけんの始まりやで。

迷子になったときはうっかりやったけど、今度は自分からお母さんと別々に行くことに決めた。

でも、大丈夫。

ぼくには新町お兄さんと河原町お兄さんっていう、頼もしいヒーローがついてるんやから。それに、ぼくだって「かんなぎ」っていうヒーローの仲間なんやし。だから、ちゃんと最後までがんばってみせるねん！

「おっ、あそこに澱があるぜ！　ちゃちゃっと浄化しちまえよ」

河原町お兄さんが、すぐそばからぼくに話しかける。

なんだか、本当にお兄ちゃんができたみたいで嬉しいな。

新町お兄さんが、澱を浄化するお祈りを終わらせる。

おふだに黒いモヤモヤがシュウシュウ吸い込まれていくのは、めっちゃおもしろい。

「そういえば、お兄さんたちはいつからおともだちなん？　いつからかみさまのヒーローなん？」

また歩き出したとき、ぼくは聞いてみた。

だって、お兄さんたちのことを、もっと知りたかったんやもん。

「お友達……かどうかはともかく、通神には何百年も前からなってるぜ」

前を向いたまま言う河原町お兄さんの答えに、ぼくはとってもびっくりした。

「何百年ってどれくらいなん？　せっきじだいとか？」

「おいおい、そりゃ昔に行きすぎだ」

「通りによって違うが、河原町は三百年ほど。俺や室町は千年以上前だな」

手を繋いで隣を歩く新町お兄さんが教えてくれた。

そこでぼくはもっとおどろいた。

「それじゃあ、誕生日ケーキのろうそくがたいへんやね！」

「あっははは。そうだな。きっと大変だ」

「火をつけたら、それはもう五山の送り火のようだろうな」

「わぁ、それはすごいなぁ～」

新町お兄さんと河原町お兄さんが笑う。

だから、ぼくも楽しくなって、一緒に笑った。

「あっ」

じょーほとは関係無いことを考えてたら、ちょっとした段差につまずいてしまう。だから、転ばへんように、思わず新町お兄さんと繋いでいる手に力を入れた。そうしたら、そのままひょいっと抱き上げてくれたから、ぼくは一瞬、空を飛んだみたいやって思ったんだ。

「大丈夫か。足元には注意するんだ」

新町お兄さんはぼくを下ろして、立たせてくれる。

「おいおい、新町。しっかりしろよな」

「平気や。どこもケガしてないで。新町お兄さんのおかげやね。ありがとう！」

ふたりは顔を見合わせて、それからニコニコしながら、ぼくの頭をワシワシと撫でてくれた。

「ほら、行こう！　じょーほ、じょーほ！」

ぼくはますます張り切って、新町お兄さんの手を引いた。

それから、十条通を越えて、運動場の横を通って、九条通も越えて、京都駅をまたいで。そんなふうに、いろんなところを通過するごとに、ふたりはぼくをたくさんほめてくれてん。

今日はもしかして、ぼくの今まで生きてきた中で、一番ほめられた日なんやないかな。

七条通、五条通、四条通。大きな交差点を渡るのはちょっとドキドキするけど、信号が青になってもすぐに渡らないで、ちゃんと右見て左見て、繋いでいるのとは反対の手を挙げて歩く。河原町お兄さんも新町お兄さんも、周りに気を付けてくれている。

御池通、丸太町通。けっこう歩いたけど、まだまだ先は長いみたい。でもぼく、疲れたなんて言わへんよ。

それからぼくたちは、変わらず通りの澱っていう黒いモヤモヤを浄化しながら、まだまだ先に歩き続ける。さいごまで歩き切らなきゃ、『じょーほのぎしき』は終わらない。

「そういえば、どうしてそんなにヒーローになりたいんだ?」

新町さんがぼくに聞いてきた。

そういえば、どうしてなんやろう。

つよくて、かっこいいから。

でも、それだけじゃないなぁ。

やさしくて、困ってる人を助けてあげられるし。

「人を守ってあげられる……から？」

「誰を守りたいんだ」

ぼくは、それがとても大事な質問のように思ったから、ようく考える。

でも、めっちゃ考えて、最初に思い浮かんだのは、すごく簡単な答えやった。

「……お母さん」

口に出してみると、なにかがピッタリはまったような気持ちになった。

ぼくはただヒーローになりたいわけやない。

ヒーローになって、お母さんを守りたいねん。

お母さんは、ぼくのことを怒ったり、おうちのことで忙しそうにしててイライラしてるときもあるけど、それはぼくのためでもある。

「ぼく……お母さんをな、安心させてあげたい、今よりもっと強くなって。それから……ずっと一緒に笑っていれたら、それでいいねん」

ぱぁぁぁぁぁ――。

ぼくが自分の思いを言葉にしたら、目の前がいきなり明るく光った。

両方の手のひらで光をすくっても、あつくない。

なんだか優しい光。

「これ、なに……？」

「おそらく、これが祝華だ」

新町お兄さんが答えてくれる。

しゅか……そうだ、丸太町さんが言ってたヒーローのアイテムだ。

手のひらの上の光は、少しずつ形を変えていく。

「ぼくのアイテム……」

そうして最後には、ちゃんとそこに物になって、握れるようになっておどろいた。

ぼくは、これがなにかを知ってる。

前におばあちゃんにもらったことがある。

「ははは、風車たぁ、お前にぴったりじゃねえか」

河原町お兄さんが楽しそうに笑う。

でも、これがぼくの武器……？

「……もっとかっこいいのがよかった」

「例えば、なにがよかったんだ？」

「剣とか！」

「それはまだ危ないだろう」

新町お兄さんに言われて、ぼくはぷうっと頬を膨らませる。

お母さんもよく「あぶないからあれはダメ」「これはダメ」って言う。

でも、ぼくだってわかってる。

新町お兄さんもお母さんも、ぼくのことをよく考えてくれてるから、そう言うんやろうけど。

「じゃあこれ、どうやって使ったらいいの？」

「わからん」

河原町お兄さんも新町お兄さんも、しゅか、の使い方まではわからへんみたい。

「風車なんだから、回すものなのでは？」

新町お兄さんが言った。そして、それに河原町お兄さんも乗っかった。

「そうだな。吹きかけてみろよ」

「これはただの風車ではなく祝華。ならば、ただ吹くのではなく、気持ちを込めて吹いてみるといいかもしれない」

ぼくは言われた通りにやってみる。

「お母さんを守れる強いヒーローになれますように。ふーっ」

風車がゆっくりと回る。

すると、その回る羽からキラキラって小さい光がお星さまみたいにいくつも出てきて、溶けるみたいに消えていった。

「これでいいん？」

「たぶんな。お前の願い事がこうして星屑になってこの世に残された。それはほんの少しだけかもしれねぇが、ちゃんとこの世に影響し、お前の未来にも繋がってくる」

「うーん……わからへん」

「『祈り』というのは、人間にとってはそういうものだ。だが、神の俺たちが言うのだから、間違いは無いと思わないか？」

「そうだぜ。俺様たちのお墨付きだ」

「そっか。そうやんな！」

ぼくは納得する。

だって、お兄さんたちは神さまのヒーローなんやから！

そうしたら、新町お兄さんが急にハッとしたような感じで振り返る。

「河原町、わかるか。この感覚――」

「なんだよ。俺様にはさっぱり」

「そうか。浄歩が進み、俺の力が戻ってきているからかもしれん。おそらく、近くで巨大な澱が生まれている」

「お前が見ている方向……ってことは、室町通か！」

「行くぞ」

「いや、待てよ。神和はどうすんだ」

ふたりの様子を見れば、ぼくにもわかる。

室町通はお母さんが『じょーほ』している通りだ。

そこに大きな『よど』が出た。

お母さんがピンチになってるかもしれないんだ。

「ぼくも行く！」

「マジか！」

「お母さんはぼくが守る！　せやから行かなあかん！」

「……わかった。お前は母御を守れ。だが、お前のことは俺たちが必ず守る。それが母御との約束だからな」

そう言うと、河原町さんはぼくのことをひょいっと抱え上げ、風みたいな速さで走り出した。

今行くからな、お母さん――。

息子たちと別れ、室町通のスタート地点にやって来た私と室町さま。

今、立っている久世橋通との交差点から北端の北山通まで、ここから長い南北の道のりを歩くのだ。

「では」

そう言って、室町さまが手を差し出す。

わかってはいたが……少し、いや、かなり緊張する。

これから始まる浄歩の儀式に、ではない。

神様とはいえ男の方と手を繋いで歩くなんて、という恥じらいの方だ。

「ええと……手を繋ぐ以外に、方法は無いのでしょうか……？」

「現時点で明らかになっている方法はこれだけです。なにか不都合でも？」

室町さまは平然としていらっしゃる。

彼の目的はただひとつ。通りを浄化することのみだ。

ならば、余計な思考に惑わされている場合ではない。

「わかりました。それでは、失礼します」

私はようやく室町さまの手を取り、歩き出した。

浄歩の儀式は順調に、もうすぐ京都駅というところまでやって来た。

それまでの時間は、よくも悪くも様々なことを慣れさせてくれる。この手を繋いだ状況て仕方がない。

が、まさにそれだ。だけど、どうせ他の人には室町さまが見えないのだから、気にしたっ

「あ、そこにも澱が」

「畏まりました。浄化します」

私が澱を見つけると、一緒にそちらへ歩いていき、室町さまが浄化札を手になにやら念じる。すると、澱は霧状に溶けて札に吸い込まれ、最後には跡形も無く消えていく。

この作業に慣れてしまうと、没入する。調子がよいときの家事をこなしている感覚に近い。ただ、もしかしたら周りの人には、通りのあっちこっちをフラフラ一人で歩き回っている妙な人に映っているかもしれない。ただ、それも気にしていたらキリがない。

京都駅前の八条通まで浄化が終わり、駅構内を抜け北側の中央口に立つと、京都タワーよりも先に室町通が目に入った。こんなに人が多いのに、不思議な感覚を覚える。これも今、室町さまとの浄歩の途中だからなのか。人と人の間を縫うように進んで、再び室町通へ戻る。そして、五条通を横断したところで、さすがに若干の疲れを感じるようになってきた。

するとそれまでは心の奥にしまってあった不安も表に現れてくる。

「息子は……大丈夫でしょうか」

大人の足でもこうなのだ。ましてや、息子が迷子になった流れでの今である。本当だったら、息子も帰ったら速攻でお昼寝してしまうくらい疲れているはずなのだ。

「お気持ちはわかります。ですが、新町たちを信じてください」

「ええ、それはわかっているのですが……わがままを言ってご迷惑をおかけしていないかどうか……」

子供の機嫌というのは、この時期の天気のように変わりやすい。晴れていたと思ったら、急に豪雨になることだってある。

「いつの時代も、親というのは悩み事が絶えないものですね」

私の思考を察したかのように、室町さまが口を開く。

「そうですね……。ただ私、そういう悩みをなかなか上手く解消できなくて……。つい息子に怒鳴ってばかり……あ、すみません」

いけない。愚痴っぽくなってしまった。こんなこと、室町さまに言ってもしょうがないことなのに。

「いいんですよ」

その室町さまの言葉に思わず、目頭が熱くなる。

迷子のことだけではなく、ここ最近は、なにをやっても上手くいかないことばかりだった。今日の買い物だって、息子を喜ばせたかっただけなのだ。

でも、あれもこれもとやっているうちに飽きさせてしまったし、嬉しい笑顔が見たかったのに、おやつも食べさせてあげられていない。

それなのに、息子の笑顔を、通神さまたちは一瞬でモノにしてしまった。

これは嫉妬ではない。

でも、その役は私がやりたかったものだ。

自己嫌悪がますます大きくなっていく。

「大丈夫ですよ。……といっても、私の言葉だけでは足りないでしょうが」

「いえ……すみません。つまらない話をしてしまって」

その瞬間である。

室町さまがハッとしたように視線を動かす。

その表情は硬く険しい。

「どうか、なさいましたか？」

「見てください。澱が……北の方へと移動していきます」

「どういうことでしょう？」

「もしかしたら、浄化が進んだことの反動かもしれません」

「それって」

「集まって、抵抗するつもりではないでしょうか。だとするならば、この先にあるのは澱(よど)

闇かもしれません」

澱闇というのは初めて聞くが、室町さんの様子を見るに、きっと澱より手強いものなんだろう。調子よく掃除を進めてもっと奥まで、とやっていたら、何年もそこに溜まっていたすごい汚れが出てきちゃった、みたいなものだろうか。

「行きましょう！」

室町さんは私の手を引き、走り出した。

私もそれに従い、一生懸命付いていった。

御池通を越え、丸太町通も越えて、ここまで澱を追って北上してきた私と室町さま。

ここは京都御所にほど近い、下長者町通の手前辺りだ。

普段、静かなこの辺りの室町通のそこかしこに、大小のドス黒い靄の集合体、いわゆる澱が、これまでに見たこともない量でうごめき溢れかえっている。

「不幸中の幸いですが……まだ澱闇にまでは成長していないようですね」

「でも……」

私は頭をよぎった一抹の不安を口にする。

「小さなものでしたが……澱は、浄化してきたはずの私たちの後ろからも飛んできていました。……これって、もしかして……」

「気にすることはありませんよ。あの程度なら、通常のお役目でも祓(はら)えるものです」

やっぱり、そうだった。

私の自己嫌悪やマイナス感情が、澱を生み出していたんだ。

それでも、あの程度の澱で済んでいるのは、育児なんていう私の悩みが、いかに矮小(わいしょう)なものであるかを表しているかのよう。

だとしても、その問題を自分の中で意味も無く大きくしていたから、澱となって滲み出してしまったのだ。

「ごめんなさい、私のせいで」

「違います」

俯きそうになる私を、室町さまの力強い言葉が引き上げてくれる。

顔を上げると、室町様の真剣なまなざしに私が映り、私はそこから目が離せなくなった。

「遅かれ早かれ、このような事態になっていたはずです。世の物事に節目があるのと同じ……貴女に非はありません」

「ですが」

「少々立ち入った物言いになるかもしれませんが、そろそろ、貴女は貴女自身を許して差し上げたらどうですか？」

「私が、私を許す……」

それは、至って単純明快な言葉だった。

つい息子に怒鳴ってしまい、その度、私は自己嫌悪に陥る。

私はよい母親でありたいと思う。

それが私の責任なのだと思っていた。

だが、それに縛られすぎると、思い通りにいかなかったときにストレスとなる。

ストレスが積み重なると、私は私がいかにダメな母親なのかと絶望する。

今まで、その繰り返しだった。

でも、この方は、そんな自分を許していいのだと仰るのか——。

「お母さん！」

聞き覚えのある声が響き、ハッとして振り返る。

すると、向こうから新町さまと、息子を抱えた河原町さまが走ってくるではないか。

「どうして⁉　こっちに来たら危ない——」

「これ、ぼくの『しゅか』！　ぼく、お母さんを助けに来たで！」

「え⁉」

息子の手には風車。

しかし、それがなんだというの。

息子を守ると仰ってくださったのに、新町さまたちはどうして連れてきてしまったの――？

「いけない！」

室町さまが遮った。

その瞬間、大量の小さな澱が、回遊魚のような群れとなって集まっていき、渦を巻き始めた。

「致し方ありませんね。場所を変えましょう。通仕る――」

室町さまが叫ぶと、再び景色は一枚のパネルとなり、ぱたんと裏返る。

そして、京の室町通となった。

目の前の澱の群れは、相変わらず禍々しく渦を巻き続けている。

「どうする、室町」

「この通りで好き勝手させるわけにはいきません」

「そうだな」

すると新町さまは、澱に向かって駆けていく。

それに呼応するかのように、室町さまも私の手を離し、走り出す。

「急がなければ、澱闇へと成長するぞ」

「ええ、その前にカタをつけましょう」

室町さまの手には、いつの間にか扇子が握られている。それを、パンッと小気味のいい音を鳴らして開き、舞うかのようにヒラヒラと動かした。

すると、そこから水が現れ、扇子の動きに合わせて流れを作った。

そこに、一陣の強い風が吹き、水の流れをさらに後押しする。

それは、新町さまがかんざしによって起こしたもののようだった。

「思い出しましたよ、新町。私はこの扇子を自在に操っていたことがあります！」

「俺もだ、室町。水と風を互いに起こし、このように戯れたこともあったな」

新町さまの声は心底嬉しそうに通りに響いた。

おそらく、ある程度浄化が進んでいたから、多少の記憶は戻ってきていたのだろう。

「懐かしいですが、今は戯れのときではありませんよ」

「そうだな。昔語りはこいつを片付けた後だ」

室町さまの水と、新町さまの風。

それらは渦巻く澱に激しくぶつかり続けている。

そして、澱を一気に消すまではいかずとも、わずかに数を減らしたり、固まり始めていた澱をバラバラにしたりと、一定の効果も出ている様子。

それでも、互いに水量と風量を上手くコントロールできていないなと、私が見てもわかる場面が時折あって、根本的な解決は難しそうだった。

ふたりは水と風を動かすのをやめない。

効果は薄くとも、少しでも澱を減らすために。

通りを守るために。

それがひしひしと伝わってくるから、その姿が私の胸を打つ。

出会ったときから感じていたが、ふたりは信頼し合っている。

この一言だけでは到底収まりきらないほどに。

けれど、このままではその信頼も報われない——。

なんとかしたい。

そんな想いが頭に浮かんだ瞬間、水と風の攻撃を嫌ったのか、渦巻いていた澱の群れが槍のように一直線に、こちらに向かって突進してきた。

このままじゃ、貫かれる。

背筋に冷たいものが走り、避けなきゃいけないとわかっているのに、身体は硬直してしまう。

「まさか、そんな!」

「お母さぁぁん!」

息子の叫び声が私の耳に届く。

「ごめんね、お母さんはヒーローにはなれなかった……」

最後に目に焼き付けようと、息子の方を見たそのとき。

息子の声に呼応した風車が、星屑のような光を振り撒きながら、ものすごい速さで回転していることに気付く。

そして、その激しい回転はすさまじい吸引力を持つ渦を発生させ、私に突進してきていた澱の槍の軌道を変えた。

「なにが……起こったの……？」

見れば息子も、目の前で起きた事態に理解が追い付かず、ぽかんと口を開けている。

奇跡が起きた。

ただ、これだけはわかる。

私は息子に救われたのだ。

だったら、私も絶望している暇など無い。

あの子を守るのは私だ――！

そう覚悟を決めた瞬間、私の眼の前が白く光り輝いた。

そして、その光は私の手中に集束し、細やかで綺麗な装飾が施された櫛となって現れる。

「それが、貴女の祝華です！」

突然現れた物体に目を白黒させていたところ、室町さまが叫ぶ。

そうだ、丸太町さんが仰っていた。

「これが……私の？」

どういうわけか、自然とこれの使い方は理解できた。

室町さんと新町さんは、再び渦を巻き始めた澱に水と風を叩きつけている。

けれど、その攻撃はまだ粗い。

私は櫛を使って、視界に映る風と水の流れを手元で梳いた。

すると、風も水も綺麗に整えられ、きめ細やかで美しい流線を描くようになる。

さらに祝華の効果によって、浄化の力も増したように感じられた。

私は強くイメージする。

水と風が渦巻いて汚れを除くところを想像し、洗濯機を連想したのは、主婦のご愛嬌だ。

「よし、一気に行くぞ」

「強く念じてください。澱を浄化するという意志をしっかりと持って」

「はい！」

私は、新町さんや室町さんと呼吸を合わせる。

「どうか京都の通りが美しいまま、末永く私たちを見守ってくださいますように！」

ぱぁぁぁぁぁ！

私がもう一度水と風を梳くと、ふたりの放つ水と風の流れは一本一本が絹糸のようになって、それが集まったものとなり、澱の渦の隅々まで行き渡る。

そして、徐々に小さく集束していき、風と水の流れもまた消えていくと、そこにはもうなにも残ってはいなかった。

「お母さん、すごーい！」

河原町さまの手から降ろされた息子が、こちらに向かって駆けてきて、私に抱きつく。

「あなたのおかげよ」

「ぼく、ヒーローみたいやった⁉」

「そうね。あなたはお母さんのヒーローよ」

「やったぁ！」

そう言って飛び跳ねる息子の心の成長を目の当たりにした気がして、私も目頭が熱くなっていた。

こうして、再び息子たちと別れた私は、京都の室町通に戻り、浄歩の続きを行う。

だが、一箇所に集まった澱を浄化したので、残りの通りには澱はほとんど見当たらなかった。

そして、ついに室町通の北端となる北山通に到着すると、室町さまの持つ浄化札が輝きを帯び始める。

「神和、よくぞ最後まで成し遂げてくださいました」

「これで、終わりでしょうか」

「ええ。これがその証です」

室町さまが、あたたかな光を放つ浄化札を見せてくれる。

すると、そこには御朱印のような模様が浮かび上がってきている。

そして、そのまま光の矢となって、天へと飛んで行った。

「よかった……」

私たちはそのまま賀茂川（かもがわ）沿いを歩き、新町通の終着点である玄以通へ向かう。

これまで歩いてきた距離に比べれば、すぐの道のりだ。

髪を揺らす風が心地よい。

達成感からか、疲れも感じなくなっていた。

目的地が近付いてくると、新町さまと河原町さま、その足元に我が息子の姿が見えた。

どうやら、迎えられたのは私たちの方だったようだ。

「あんなあんな！　ゴールしたらおふだに模様が出てきてん、ぴかーって光って飛んで行ったんやで！　ぼく、ちゃんと『じょーほ』できた！」

上機嫌で捲（まく）し立てる息子を抱きしめて、頭を撫でる。

私が全部先回りしてあげないと、なにもできないものだと決めつけていた。

でも、通神さまたちの助けがあったとはいえ、息子は自分の意志で、この儀式をやり遂げた。それどころか、私の命まで救ってくれたのだ。

子供は日々成長するものだ。今日ほどそれを実感した日は無かった。

「がんばったね！」

「うん！」

「皆さまも、本当にありがとうございました」

私は通神さまたちに深々と礼をした。

すると、はじめに京で再会したときのように、息子も私に倣って勢いよく礼をした。

「いや、お礼を申し上げるのはこちらの方ですよ」

「ああ、そうだ。神和がいなければ、通りの浄化はできなかった」

「俺様もいいもん見させてもらったぜ」

通神さまたちが口々に言う。

まさか神様にお礼を言われることがあるなんて、畏(おそ)れ多いことだ。

「よっしゃあ。京に帰って宴といこうぜ！」

「神和はいかがなさいますか？　京にて、今回のお役目を労(ねぎら)いたいと思うのですが」

そんな私を引き止めたのは、ぎゅ、と服の裾を握る息子だった。

まだ意識はあるものの、一仕事終え、私とも合流したからか、うつらうつらと眠そうな顔をしてきている。

「……とても嬉しいお話ですけど、帰ろうと思います。主婦は、まだまだやることが多いので」

最後は少し冗談めかした口調で続けた。

すると、新町さまと河原町さまも、そうかと微笑みながら納得してくださった。

「淋しくなるな」

「ええ、本当に」

神和は、記憶を持ち越せない。それは浄歩の途中、室町さまに聞いていたことだった。

それは、新町さまや河原町さまに懐いていた息子にはよかったかもしれない。

記憶をそのままに日常生活に戻れば、息子はお二方を探し続けるだろうし。

私が言い聞かせようとも、幼稚園で話してしまうだろう。

「それでは、この辺りで……」

「ん～……バイバイするの？」

「そうよ。新町さまたちにご挨拶して」

眠りそうになっていた息子は、どうにか目を開け、皆様を順々に見る。

そして、どんな別れになるのか理解しきれていないらしく、こてんと頭を傾けた。

「また会える？」

「いつでも見守っていますよ」

「それって近くにいるってこと？」

どうやら「見守る」という部分から、いつも自分の動きを近くで見ている私のような状態を想像したらしい。

いかにも子ども特有な発想に、室町さまだけでなく、新町さまと河原町さまも笑みをこぼした。

「よくわかっているな」

新町さまに頭を撫でられ、息子は嬉しそうに「えへへ」と笑った。

実際、嘘は言っていないけれど、本当のことでもない言い回しだ。

でも、この気持ちも、光景も、やはり丸ごと消えてしまうのなら、無駄だとわかっていても、つい目に焼き付けたいと思ってしまう。

「貴女もこれからはご子息を、ご自身を信じて歩いていけるでしょう。大丈夫ですよ」

室町さまのその一言が、静かに胸を打つ。

「ありがとうございます」

私は、息子を抱いたままできる限り深くお辞儀をする。

挨拶を済ませると、ちょうどそのタイミングに合わせて、私たちと通神の皆様の間が光で隔たれた。

周囲が光っているのか、私たちが光っているのかもわからないほどの光源に、私は驚いて息をのむ。

そして、息子は私の腕の中で早くも夢の中。

光はさらに増していき、だんだんと通神の方々が視えなくなっていく。

次に目を覚ましたときには、すべて忘れて生きていくのだろう。

神様の愛に満ちた通りを歩く、日常に――。

「ふむ――」

丸太町が穏やかな笑みを湛えて、新町と室町、そして河原町を順に見た。

「此度（こたび）の浄歩の儀、まことにご苦労であった。宴の準備をするゆえ、客間にてしばし待つがよいぞ」

新町と室町は深々と頭を垂れると、そのまま立ち上がり謁見の間を去っていく。そして廊下に出ると、新町が口を開いた。

「あの子供が大きくなって、その子供も神和になったりすることがあるかもしれないな」

「ええ、可能性はあるでしょうね。現に母子で神和だったわけですから」

これは確かに彼等にとって、実に興味深いことだった。

もし『神和の血筋』というものがあれば、今後また浄歩をするべきときが来た場合、ひょっとしたら神和を見つけやすいかもしれないのだ。

「数十年後の未来も楽しみになりましたね」

「ああ。見守っていこう。これからも」

するとそのとき、室町が妙なことに気付く。

「あれ……河原町はどうしました？」

「ん？　一緒に部屋を出たのではなかったのか」

2条は長い廊下を振り返る……しかし、そこに河原町の姿はなかった。


その頃、河原町はと言うと——。

「なんじゃ？」

「さあ、これで文句はねえよな。次の浄歩は俺様だ」

身を乗り出さんばかりに前のめりになる河原町に対し、丸太町はどうしたものかと黙考した。

実のところ、祇園祭が近付く今、確かに山鉾巡行の通り道である河原町通は、一刻も早く浄化しなくてはならない。

そのことを河原町も理解しているからこそ、これほどまでに強く願い出ているのだ。

しかし、それでも躊躇(ちゅうちょ)してしまうのは、河原町の失っている記憶の正体を丸太町が知っているからに他ならない。

「なあ、いいだろ？」

河原町がさらに言葉で迫る。

赤髪、長身、屈強な彼が、少年の姿をしている丸太町に食いかからんとしている様は、傍(はた)から見れば不穏である。

だが、立場で言えば、むしろ主上たる丸太町の方が上。

だからこそ河原町も、彼の許しが下りなければ、身勝手は許されないのだ。

「……」

丸太町は考えた。

これは何も、河原町を無下(むげ)にしているというわけではない。

むしろ、主上は彼のことを想っているからこそ、答えに窮していると言ってもいい。

河原町通の持つ記憶。

それは決して楽しいものばかりではない。

その哀しい歴史を鑑(かんが)みれば、丸太町でなくとも、素直に「いい」と答えることなどできないだろう。

果たして、その記憶を思い出すことが河原町のためになるのか。

彼は沈黙したままだ。

そうして京に流れる、人間の世界よりもゆっくり進む時間だけが、刻々と過ぎ去っていった――。

第三章　受け継がれるもの

「さて、どうしたものか……」

人間の世界で通りの安寧を祈り終えた御池は、頭を悩ませながら京都の街を歩いていた。

というか、大切なことを思い出せないでいたのだ。

今日の茶の友と決めていた菓子が、思い出せない。これは、彼にとって一大事なのである。

御池は、通神の中でも随一と言えるほど菓子にうるさい。特に和菓子ともなれば、その日の気分と合わなかったものを選んでしまうと、もうそれだけで、一日が台無しになったような気にさえなってしまうほど落ち込むことがある。

「この時期に食べる菓子があったはずなのだが……何であったか」

「あっ、思い出した。……みつよしの水無月だ。なぜ、忘れていたのだろう？」

ようやく思い出した菓子の名は『水無月』、六月の終わりに暑い夏を乗り切るという由来があり、京都の人間がこぞって食す菓子だ。

そして、『みつよし』とは、御池通に店を構える老舗の和菓子屋。彼はそこの菓子が大好物であった。日々、新たにできた店や見知った店の様々な菓子に手を伸ばす彼だったが、毎年、水無月だけは必ずみつよしと決めている。彼にとっては「必ず帰ってくる店」という位置付けなのだ。

さっそく御池は目当ての店に向かうため、元来た道をUターンする。御池通は、京都のシャンゼリゼ通りとも言われている美しい通りだ。特に、川端(かわばた)通から堀川(ほりかわ)通までは京都市内で最も道幅が広く、京都のシンボルロードとして整備されている。それが彼自身の誇りでもあった。

しかし近頃、祈りだけでは通りを浄化しきれていない。それが彼にとって大層な不満だった。視線をやれば、通りのそこかしこに黒く濁った靄(もや)が蔓延(はびこ)っているのが、どうしても目に付いてしまう。

「なんとかしたいところだが……」

そんなことを考えながら御池が歩いていると、目に留まった小道から、まだ幼いおかっぱ頭の童――図子(ずし)が、てちてちとやって来たのを見つける。図子というのは、いつか立派な通りになるため修行中の子供のことで、これでもれっきとした小道の化身だ。

「これはちょうどいいところに。おい、そこを行く図子よ」

「あ、おいけさま。いかがいたしましたか？」

「すまないが、使いを頼まれてはくれまいか」

「はい、いいですよ」

「みつよしで菓子を買うのだが、人間の子になり水無月を買ってはくれないか」

「わかりました！」

御池は人間の世界で買い物などをする際、たいていこうして図子に使いを頼むことにしていた。自らが人間に視えるよう姿を変えることは容易い、しかし、かなりの大男となってしまう。それではかえって目立つこともあるため、自身で気を付けていたのだ。

それに加えて、ずいぶん前に、通神はあまり人間と交流してはいけないという方針も決まっていた。神が人間の世界に関与しすぎると、人間たちの自立した生活にもよくない影響を与えてしまう恐れがあるからだ。そういうこともあり、今日も図子を従えた御池は、目的の店の前に到着する。しかし――。

「おいけさま。おみせ、おやすみのようですよ」

「臨時休業だと……？」

閉ざされたシャッターに、貼り紙が一枚。彼は何度もそこに書かれている文字を目で追う。

『まことに申し訳ございませんが、しばらく臨時休業させていただきます』

そのように手書きされた文章は、彼が何度読み返したところで『営業中』に変わることなどない。

　御池は、ただ呆然とそこに立ち尽くすしかなかった。そして、彼の気分をそのまま表すかのように、重たい雲から雨まで降り出してきた。

「あの……みなづきをほかのおみせで……」

「いや、ここの水無月でないと駄目なのだ」

　せっかくついて来てくれた図子も、御池の様子を見て、気の毒そうにしながら去っていく。

　するとそのとき、ひとりの男が御池に話しかけた――。


「あの話、考えてくれたかい……？」

「そんなこと急に言われても、すぐには答えられないって」

　久し振りに京都の実家に帰省してすぐに行われた母との会話を、俺は自室でひとり、何度も反芻していた。

　冷たかっただろうか。いや、そんなことはないはずだ。

　俺は首都圏の大学卒業後にそのまま就職した東京の大手広告代理店で、十年ほど実績を重ね、自信もつけていた。そこで一念発起して退職し、独立を目指して準備をしていた。

　三十代前半の脂が乗った今が、まさにそのタイミングだと思ったのだ。

俺はまだまだ稼げる。この程度で満足するような男じゃない。そのためには、会社員という使われる立場じゃなくて経営者だ。そんな野心が背中を押し、事業計画を入念に練りながら、顧客や支援者となり得るコネクション作りのために飛び回っていた日々。

「お父さんが倒れたの」

そんな報せを母から受けたのは、その矢先のことだった。俺はすぐさま、最終の新幹線に飛び乗った。忙しさにかまけて、長い間帰省していなかった実家。そこで久し振りに対面した母は、俺の記憶の中の母よりもずいぶん老け込んでいた。

実家は古い和菓子屋を営んでいる。この土地で何代も続いている老舗だ。しかし、このままだと、この店ももうすぐ無くなる。なぜなら、俺は一人っ子。跡継ぎは俺しかいない。だけど、古いだけでなんてことない地味な和菓子屋の店主に収まるなんて、いくら頼まれたところで考えられなかった。

「親父に言わなきゃな……」

実家に着いたのが遅かったため、親父の見舞いには明日行くことになっている。店は親父の代で廃業する。早くそう決めてやれば、下手に期待を持たせ続けるよりも、将来への不安がひとつ無くなり、両親も気持ちが楽になるだろう。

そうだ、いいことを思い付いた。こっちで商売をするなら、この店舗兼住居を潰して、小さなビルでも建てた方がいいんじゃないか？　せっかく御池通に面した一等地だ。そうだな……親父が続けられるようなら、一階には和菓子屋を。最上階には家族で暮らすフロア。その下辺りに俺のオフィス。あとは貸しに出して、テナント料で稼いだり……。

「なかなか儲かるかもな……」

そんなことを考えながら、俺は久々に実家で眠りについた。

翌日。梅雨の曇り空がこれから午後の天気を告げる中、俺は鴨川（かもがわ）沿いに位置している、親父が入院する病院に来た。灰色の雨雲同様、俺の足取りも重い。

そして、あらかじめ母から聞いていた病室の部屋番号を見つける。入口には親父の名前「金森茂久（かなもりしげひさ）」の表示もある。俺はほんの少しの緊張を抱きながら、病室に足を踏み入れた。そこは四人部屋で、奥の右側が親父のベッド。カーテンは開いていたので、すぐに親父が俺を見つけた。

「よう」

「……久し振り」

親父が挙げた右手が弱々しい。母に持った印象と同じく、しばらく見ないうちに親父もまた「老人」になっていた。俺は、ベッドの脇に来客者用の丸椅子を置いて座る。

「義久（よしひさ）、来てくれたんか」

元はよく響く低い声だった親父だが、今は言葉がかすれ、とてもか細い。

場所も場所だから、俺も話すトーンが自然と落ちた。

「当たり前だろ」

「仕事は順調か」

「独立するから会社は辞めて、今はその準備中」

「……そうか」

元々寡黙な父との会話は、いつもこんな感じだ。

「身体はどうなんだよ」

「まあ、すぐに死ぬことはないそうや」

「入院中、店のこと以外で心配ごとは無いのか？」

「そうやな……」

親父がふと、窓の外に視線を向けたので、俺もつられて外を見る。いつのまにかしとしとと雨が降り始めており、窓ガラスには無数の雨粒が水滴となって流れていた。

「お前、俺が毎年やってる祇園祭（ぎおんまつり）の手伝い、代わりに行ってくれ」

「はあ!?」

病室だってのに、思わず大きな声が出てしまった。いけないと思い、俺は声を抑えながら抗議する。

「なんだ、それ。そんなこと、急に言われても無理だよ」

「仕事してないんやったら、ええやろ」

「やんなきゃいけないことは、たくさんあるんだって」

「少しくらい時間はあるやろ。連絡は入れといてやるさかい」

親父は昔から、たまにこういう自分勝手なところがある。子供の頃はそれを理不尽に感じて、口論になることもあったが、持ち前の頑固さで、いつも押し切られた。自分がこうと決めたら、テコでも動かないのだ。

「ちょうど今日の夕方に集まりがあるんや。頼むで」

「今日だとぉ⁉」

「ああ、そうや。頼んだぞ」

いや、行くとは言ってない。しかし、親父は会合の場所をメモに書き、一方的に押し付けてくる。だから、俺も仕方なくそれを受け取り、ズボンの尻ポケットに突っ込んだ。まあ、いい。子供の頃は渋々従っていたが、俺はもう大人だ。勝手に決められたことになんか従う必要は無い。急用ができたとか、適当な理由をつけてサボってやる。

「じゃあな。また来るから」

「絶対行けよ」

親父の念押しには答えず、俺は病室を出た。

後から親父になにを言われようと、知ったことではない。第一、日本でも随一の大きな祭事である祇園祭の手伝いなんて、相当大変なことに決まってる。昔は、祭りを見ながら派手な山鉾とかを見て目を輝かせたものだが、今となっては話が違う。広告代理店社員だった俺としては、あんな超巨大イベントの運営をボランティアでやるなんて、考えたくもないことだった。

しかし、病院を出た辺りで、重大なミスを犯してしまったことに気付く。しまった……店を継ぐ気は無いって、親父に言うのを忘れてた。だけど、今さら引き返してわざわざそれだけ言って帰るのは、あまりにもかっこ悪い。今度行ったときには、絶対に言おう。

三条で京都市営地下鉄東西線に乗り換える。そして、俺はドアの窓から真っ暗なトンネルをボーッと眺めていた。

そうして、店舗兼実家の近くまで帰ってくると、店の入口の前に立ち尽くしている男を見つけた。さらに近付いてみる。黒髪と銀髪のツートンカラーが美しい、えらく長身な青年だ。二メートルくらいあるかもしれない。そんな男が『臨時休業中』と書いた貼り紙を見つめ、傘も差さずに呆然と立ち尽くしていた。

「あのう、ウチになにかご用でしょうか」

……反応が無い。

なにかのコスプレイベント帰りかな。顔立ちだって、緩んだ表情はともかく、整い方はそこらへんの若手イケメン俳優と比べても全く見劣りしない。というか、男の俺でも「美しい」と認識してしまうレベルだ。

「もしもーし」

俺は青年の顔の前で手を振る。ようやく俺の存在に気付いたのか、虚ろな瞳をゆっくりこちらに向けてくる。すると、今度は急にハッとしたように小さく跳び上がり、カッと目を丸くした。

「お前、某が視えるのか⁉」

「え？　見えますけど」

「そんな、バカな……」

なにを言ってるんだ。そんなの当たり前だろう。目の前にいるんだから。

だいたい、さっきまであんたの近くにいて、恐る恐る去っていった着物姿の小さな子供だって、あんたのことを見てただろうが。ひとまずは刺激しないよう、それとなくお帰りいただこう。

「あの、すみません。実は親父が倒れちゃって、店はしばらく休業中なんです」

「……なるほど、そうだったのか」

「再開もいつになるか、まだ決まってなくて」

「非常に残念だ」

「申し訳ないんですが、今日のところは――」

お帰りください。そう言おうとした瞬間。

「見つけたぜぇぇぇぇぇ！」

道の遠くの方から、叫び声がすごいスピードで近付いてきた。

「はっ？　なになになになに⁉」

俺は瞬時に、声がしてくる方向に振り向く。降りしきる雨の中、遠くからものすごい剣幕と勢いで、こちらにダッシュしてくる着物姿の男が見える。歩道の水溜りもなんのその。バシャバシャと水飛沫(みずしぶき)を上げてやって来る。なんだこれ、怖い。

彼はそのまま、俺に向かって一直線に走ってくると、リアクションをする間も無く俺の腰にタックルをかましてきた。俺は思わず「ぐほっ」と息を吐き、傘を落とす。

「痛ってえええええ！」

え、これはどういう状況だ⁉　男はそのまま、ものすごい力で俺を肩に担ぎ上げ、走り続ける。なんだ、お前は。機関車なのか？　猪なのか？

……って、あれ？　あの、さっき話してた長身の男も、ダッシュで付いてきてるんですけど。あの人はなに？　俺を助けようとしてくれてる？　それとも、俺を抱えてるこいつの仲間？　できれば前者であってくれ！

そのことに気付いているのかいないのかはわからないが、俺を担ぐ男は御池通を急カーブで曲がって小道に入る。その瞬間。

「通仕(とおりつかまつ)るぜ！」

──そう叫ぶと、ただでさえダッシュによる激しい振動で揺れていた俺の視界が歪(ゆが)み、そして暗転した。


「ここは……？」

……気が付くと、俺はいつのまにか、立派な日本家屋の畳の広間に座っていた。テレビの時代劇なんかでよくある、大名が上座に座り、大勢の武将たちが並んで正座しているような感じの部屋だ。見回すと、俺を拉致(らち)った男の後ろ姿が目に飛び込んでくる。さらに、その隣には、あの黒と銀のツートン髪の大男。

参ったな。あのふたりは仲間だったたってことだ。しかし、大男の方も突然のことだったらしく、なにやら隣の男に食ってかかっている。ふたりはまだ、背後に座る俺が目覚めたことには気付いていない。

「河原町(かわらまち)、これはいったいどういうことだ」

「俺様と御池の通りを浄化するんだよ」

「いきなりなんの説明も無しに人間を連れて来るとは、何事なんだと言っている。あの人間が某を視えていたことに、関係があるのか？」

「そうだ。俺様たちが視えるってことは、こいつは神和(かんなぎ)のはずだ」

「神和？　一向に話が見えてこない。ちゃんと順を追って説明しろ」

「だーかーら、神和がいれば、もっと完璧な通りの浄化ができるんだって。お前もわからねー奴だな！」

俺がきょろきょろと周囲を見回していると、河原町と呼ばれていた男に首根っこを掴まれて引き摺られ、大男二人の間に座らされてしまう。

「やっと、俺様たちのことが視える人間を見つけたぜ。貴様、神和だな」

「……なんだ、それ？」

すると、置き物のように座って様子を見ていた少年が口を開いた。

「ふむ……人間よ。よくぞ参った。わたくしは丸太町と申す。そして、こちらはわたくしの付き人、綾小路」

「どうぞお見知りおきを」

綾小路という少年が深々とお辞儀する。そこで、俺も一応名乗っておくことにした。これが、夢だといっても、それくらいの常識は持ち合わせている。

「金森義久……です」

すると、丸太町がピクリと指先で反応した。

「この男は、確かに神和の資格を有しておる。じゃが、このままではまだ使えぬ」

「主上さま。その神和というのは、いったいなんのことでしょう。河原町は知っているようですが、こいつの説明がヘタクソすぎて、某にはさっぱりで」

「なっ⁉　御池、てめえっ」

「本当のことを言っただけだ」

「よい。御池には、あとで綾小路からしっかり説明させる。それよりもまず、神和がまだこの状態じゃ、どうしてこの男がこんなに中途半端な状態で見つかってしまったのかを、考えねばなるまい」

「……くっ。そもそも、お前がややこしいからだ」

河原町が俺を睨みつける。いや、全然意味がわからないんですけど。というか、そんなふうに睨まれる謂われは無くないか？　いくら夢だって、そんなに理不尽な扱いをされたら、さすがに気分が悪い。

「神和は通常、京に来た時点で自然に名を忘れる。しかし、覚えているというのは、おそらくまだ神和の務めより、己に固執しておるからじゃろう」

「じゃあ、名前を忘れたら、神和になったってことか」

「そういうことじゃな」

「よし、貴様、早く忘れやがれ」

「はぁ⁉」

「どうだ、忘れたか⁉」

なんて乱暴なことを言うんだ、こいつらは。名前を忘れるって、結構なことだぞ。夢のくせに。普通、夢って、もっとアバウトなものじゃなかったのか？

「いや、無理だろ」

「当たり前だ。河原町、いくらなんでも、それは無茶だ」

「じゃあ、もっと強い刺激を与えるか？」

「やめておけ。条件を満たさなくては」

話を聞いていると、どうも河原町は直情タイプで、御池は逆に理知的な雰囲気のようだ。御池の方が話は通じそうである。

「あなたには、まだ私たちのことを説明しておりませんでしたね。私たちは通神。その名の通り、京都の通りの化身です」

なるほど。なかなか凝っている設定だな。そういうゲームや2・5次元舞台なんか作ったら、結構流行ると思うぞ？

「祇園祭が近付いているのは、あなたも存じているでしょう。私たちは祭りに先駆けて、彼等2条の通りを浄化したいのです。そして、そのためには神和という、私たちと通ずることのできる人間の力が必要なのです」

「そっ、それが、俺⁉」

……と驚いてみせたはいいものの、俺だって、もういい大人だ。そんなアニメやマンガなんかいくらでもある。

しかし、一応話は繋がった。俺を誘拐した河原町と、その仲間である御池ってのは、名前からすると祇園祭で山鉾巡行が行われる通りだ。それくらい、京都で生まれ育った者なら誰だって知っている。

そうか、わかったぞ。親父があんな余計なことを頼んできたもんだから、それが深層心理で気になって、こんな夢を見てるんだな。でもな、俺は祭りの手伝いなんて面倒なことは、絶対にやらない。

すると、その思考を見越していたかのように、丸太町が仮面から覗く鋭い視線を、俺に向けた。

「そなたは京都を愛しているかの？　そして同じように、大切に想っている人はおるのかの？　その条件が満たされねば、たぶん神和にはなれぬであろう」

「あぁ、嫌な気分だ」

目覚めると、俺は実家の自室のベッドに横たわっていた。雨が窓を叩く音が聞こえる。

そうか、まだ降っていたんだな。それより、ほら見ろ。やっぱり夢だった。それにしても、妙な夢だったな。内容や景色まではっきりと覚えている。

枕元の時計を見る。夕方の四時半くらい。あー、変な時間に起きてしまった……。

「おう、やっと昼寝から起きたか」

「え、昼……？」

聞き覚えのある声！

俺はその声の主に思い当たり、がばっと身を起こす。すると、どういうわけか俺の部屋には夢で見た男たち――河原町と御池がいた。

彼等はフローリングの床に座って腕組みをしながら、じっとこちらを見つめている。ずうずうしくも座布団まで勝手に使って……。

「おっ、お前等、なんでっ⁉」

混乱した頭で、単純な疑問を投げかける。すると、御池がそれに答えた。

「主上さまとの面談が終わった後、お前を家まで送ってやったら、そのまま昼寝を始めた。そういえば寝る前に、早く起きなきゃ、なんてちぐはぐなことも言ってたが、どうなっているんだ、お前の行動原理は」

「俺様たちも、お前を神和としてなんとかしなきゃいけねえから、とりあえず起きるのを待ってたってわけよ」

あの後のこともだんだん思い出してきた。確かに送ってもらった。確かにそんなことを言って、ベッドに入った。

「うわぁ、夢だと思ってたことが、夢じゃなかったのか？　ということはあの、夢の中の設定みたいに話してたことは、全部現実か？」

俺はベッドの上に座ったまま、彼等の方に向き直る。

「お前、本当に大切な人はおらぬのか？」

御池が薮から棒に尋ねてくる。ああ、これはさっき丸太町が言ってたやつか。確か、京都を愛し、大切に想う人がいなきゃ、神和にはなれない、だっけ。

「なんで俺が、お前にそんなこと答えなきゃいけないんだよ」

「いなければ、神和になれないからだ」

「だーかーら、神和なんか俺はやらないから、他を当たってくれ」

「てめえ！俺がどんだけ探して、やっとお前を見つけたと思ってんだよ！」

「あの後、某が綾小路に聞いたところによると、神和の資格を有する人間というのは、かなり限られているらしい。通神との相性もあるというから、お前は相当、稀有な存在なのだ」

こうなったら、もう適当に答えて、早く諦めさせて帰ってもらおう。第一、この狭い元子供部屋に大人の野郎が三人なんて、あまりにもむさすぎる。

「俺、独身だし、彼女もいないから、大切な人なんて――」

「家族はどうだ。入院中の親父殿のことは、大切に思っていないのか」

「いや、親は大切だろ。そんなの、人として当たり前だ。……ていうかあんたたち、もう帰ってくれないか」

　業を煮やして提案してみるも、床に座っているふたりは立ち上がる気配が無い。そして、今度は河原町が俺に話しかけてくる。

「なあ。そんなことより、そろそろ行かねえと遅刻するんじゃねえか？」

「は？　なんのことだ？」

　そう思って見てみると、河原町の手には一枚のメモがある。あれは病院で親父から受け取ったものだ。

「なんでお前が、それを持ってるんだよ！」

「お前が脱ぎ捨てたズボンのポケットから出てきたんだ。それより、この場所ってアレだろ。今日は祇園祭の手伝いの集まりがあるはずだよな。お前、その一員だったのか」

　なんでこいつは、そんなことまで知ってんだよ。通神ってやつだからか？　通りで起こってることはだいたい把握してるとか、そういうこと？　ああもう、いちいち説明すんの、めんどくさいなあ。

「ちげーよ。親父が押しつけてきたんだよ。手伝いに行けって」

「じゃあ、行こうぜ」

「行かねえよ」

　それでも河原町は引き下がらず、何度か「行けよ」「行かねえ」の押し問答が繰り返される。そして、お互いに苛立ちのボルテージは高まっていく。どちらも決して引き下がらないので、呆れた御池が割り込んできた。

「お前は、なぜ祭りの手伝いを嫌がるのだ。祭りは嫌いか？」

「それは——」

俺は御池の質問に対する返答に困る。

祭りが嫌いかと問われれば、実際のところ全然そんなことはない。むしろ、子供の頃から賑やかなのは大好きな性分だ。広告代理店時代も宴会部長として、取引先との数々の宴席を盛り上げ、仕事を成功に導いてきた。だけど、これから起業に向けていろいろと忙しくなっていく。今だって、せっかく京都に帰ってきたというのに、旧友を飲み会に誘うのをしばらく我慢しようと思っているくらいだ。

「親父の都合に振り回されて面倒ごとを抱えるのが、御免だってことだよ」

「反抗期か」

「反抗期だな」

「そんなんじゃねーって！　だいたい、日本でも指折りの大規模な祭りだぞ。その準備なんて、例えばあちこちの町内会に顔を出して折衝（せっしょう）するとか、謎な古くからの慣習とか、どう考えても大変だろ」

ああ、想像しただけでも頭が痛くなってくる。

「俺は今、そんなことしてる暇、無いんだよ」

「なんでだよ！　祭りより大事な用事なんかあるわけないだろ！」

まーた河原町が食ってかかってくる。

「祭りより大事な、俺の人生がかかってるんだよ！」

「なーに言ってやがる！」

する、と河原町がすくっと立ち上がる。

俺は助けを求めるように、河原町よりは多少話がわかってくれそうな御池へ視線を送る。

だが、こっちはこっちで止めてくれそうな気配は無い。うっすらと、圧の強い笑みを浮かべているだけだ。

「お前！　俺様がその捻くれた根性叩き直してやる！　祭りだぞ、祭り！　男なら血湧き肉躍るってもんだろうが！」

「え、あ、なにを――」

そうして俺は、河原町に怒鳴られながら襟首をむんずと掴まれて、問答無用で外に連れ出された。ちょっと待て、神様って、こんなに強引なのかよ――!?

あれから俺は雨の中、河原町に引っ張って行かれ、その足で祇園祭の手伝いの会合へと強制的に参加させられた。会合では、親父が口をきいてくれていたこともあり、上下スウエットな上に雨でビショビショの俺だったが、みなさんからはあたたかく迎え入れてもらった。

「なあ、今日はなにをするんだ？」

「おっ、兄ちゃん。やる気満々やなぁ」

「当ったり前よ。祭りと聞いた日にゃあ、俺様がいなきゃ始まらねえからな！」

不思議なことに、ちゃっかり河原町も一緒に参加している。しかも、皆は通神である彼のことが見えている様子。それでいて、すでに輪の中に入っていったときから自然に打ち解けている。

出で立ちも、いつのまにか現代的な普段着だ。解せぬ……なんでお前だけ、パリッとした服装に着替えてるんだよ。ちゃんとジャケットまで羽織りやがって。どうやら彼は、自分の意志で人間に姿を現すこともできるらしい。

というか、この野郎、俺に傘を持ち出す暇さえ与えてくれなかった。恨むぞ。来るなら来るで、それなりの格好をするってのに。

「ていうか、お前も頭びしょ濡れだぞ」

「あ？　いいんだよ。俺様は通りの化身だからな。雨が降って濡れるのは当然だろ。水も滴るいい男ってやつだ」

「お前に聞いた俺がバカだった。ところでお前、元々祭りの手伝いやってたのか？」

「そんなわけないだろ。俺様は通神だぞ」

「じゃあ、なんですぐに打ち解けてるんだよ」

「それくらい朝飯前ってやつだ。今は夕方だけどな」

これも彼等、通神の能力だということだろう。便利なものである。そして、今日ここに参加しているのは単純に、興味本位で大好きな祭りの準備に混ざってみたかっただけのようだ。


「どうだい、みつよしんとこの倅も、親睦を兼ねてこの後一杯」

「いや……すいません、予定があるので」

「おう、そうか。じゃあ、またな」

帰りがけ、集まっていた数名から誘われたが、俺はすべて丁重に断った。あんまり深く関わって、抜け出しづらくなるような面倒ごとを抱えたくはない。そういえば「河原町なら行くんじゃないですか」と言うと、相手はきょとんとしていたな。まるで、さっきまでいたあいつのことを知らないみたいなリアクションだった。

周囲を見回すと、河原町はいつのまにかいなくなっていた。普通の人は、あいつがいなくなると忘れてしまうのかもしれない。これもまた不思議なものだ。

俺は、通神というわけのわからなさに小首を傾げながら、もうすっかり暗くなった夜空の下、雨をよけるため四条通のアーケードに入りつつ帰路を急いだ。

ところがその後も、俺は祭りの集まりに参加することとなる。事業計画を練っているときだろうが、食事中だろうが、はたまた散歩しているときだろうがお構いなしに、その日が来ると、俺がどこにいようと河原町が現れて、力ずくで俺を連れ去るからだ。おかげで俺と河原町は、とっても真面目に皆勤賞である。

もう一度パソコンを開こうとして、やめる。

今日は集まりが無いため、しっかり起業のための作業をしようと思っていた。だけど、どうにも思うように進まない。いつまた河原町が乗り込んできて理不尽なことを言い出すんじゃないかと思うと、集中できない。

「ったく……親父にしたってそうだ。どいつもこいつも……」

この調子だと、本当にどんどん起業が遠のいていくぞ。祇園祭が近付くほどに集まりは増えていく。その分、時間だって奪われる。そうなると、さすがの俺でもかなりきつい。

そもそもの基礎知識として、祇園祭というのは八坂神社の祭礼であり、七月の一ヶ月間にわたって行われるのだ。その歴史は古く貞観年間——九世紀より続く、京都の夏の風物詩だ。中でも祭りのハイライトとなるのが、十七日と二十四日に行われる八坂神社の神輿渡御と、三十三基の山鉾巡行。『京都祇園祭の山鉾行事』は、ユネスコ無形文化遺産にも登録されている。

そのハイライトの山鉾巡行目当てに、全国、いや全世界からたくさんの人が、この京都にやって来て、大いに盛り上がるのだ。

「ふっ……なーにやってんだろうな、俺は」

俺は自嘲気味に笑う。笑うしかない。

ところで、この祭りの準備に参加するほどに思い知ったのは、親父の、というか、店の屋号『みつよし』の認知され具合である。例えばある日、山鉾町に打ち合わせに行ったときのこと。はじめは俺を見て、相手が訝しげな顔をする。だが——。

「……どこの若造だ？」

「金森茂久の息子で、義久といいます。和菓子屋の、みつよしの」

「おおー、そうか！　よろしくな」

このように、途端に相手との距離が縮まるのだ。人によっては、俺が覚えていなくても「おおー、あんときの坊主か。でかくなったんやな」なんて言われたりもする。ただ古臭いだけの和菓子屋だと思っていたが、どうやら、長く続いているだけのことはあるらしい。

ウチの店の創業は、江戸時代にまで遡る。『みつよし』という屋号は、初代の名前だそうだ。この土地に根ざした歴史の成果が、こうしたコミュニケーションに繋がっているのだとしたら、そして今、俺がその恩恵を受けているのだとしたら、ちょっとは親父に感謝すべきかもしれない。

他にも知ったことがある。会う人会う人みんなが一様に、うちの和菓子を美味しいと褒めてくれるのだ。そして、親父の復帰と店の再開を心待ちにしてくれていた。それを聞いた俺は、なんとなくむず痒い気分になる。

だけど確かに、実家を出入りする際に、『臨時休業中』の貼り紙を見て、初めて会ったときの御池のように残念そうな顔をして去っていく人々も見かけていた。それについては、そのたびにさすがの俺も少し心が痛む。そして、心の中で呟くのだ。

『申し訳ありません。この店はまもなく畳んで、ここにビルが建つんです』と。


ところで、俺のところには、河原町だけでなく御池もたびたびやって来る。

たまに見舞いにも一緒に行くくらいだ。

ある日、俺は病院からの帰り道、御池に尋ねてみたことがある。

「御池は、なんで親父に姿を見せようとしないんだよ。どうせ、すぐ忘れるんだろ？」

「あまり人間に干渉してはいけない決まりがあるのでな」

「でも、河原町はバンバン姿出してるぜ」

「フッ、そうか。忘れてしまったが……みつよしとは、なにか深い縁があるような気がする。それが感じられれば、某はそれでいいのだ」

忘れたってどういうことだ。まあ、なんでもいいけど。それでも、とりあえず御池の切なくも穏やかな顔を見れば、それがいい思い出だったんだろうなとは察しが付く。

御池も、うちの菓子が大好物だと言っていた。しかし、親父はもう年齢も年齢だし、退院しても、これまでのように動ける保証は無い。みつよしは受け継ぐ者がいない以上、もうどうにもできない。

だが、帰省した直後に見舞いに行ったときに言いそびれて以来、病床の親父に、店を継ぐ気が無いことをきっぱりと告げる気にはならなかった。

捗(はかど)らない作業を無理にやるよりはと、俺は今日も、病院に見舞いにやって来た。いつのまにか御池も合流している。すると、親父はそんな俺の気持ちを察していたのか、窓の外の鴨川の静かな流れをじっと見つめながら、俺の知ってる親父らしからぬ弱々しい声で言った。

「俺はもう潮時や。義久の好きにしてええ。母さんもそれで納得してる」

御池は、俺の反応を窺うように視線を向けてくる。そして、俺は言ってほしかったはずのその言葉を聞いた瞬間、自分でもわからない苛立ちを覚えていた。

親父が倒れ、帰省してから数週間経った。

今日は手伝いのみなさんで八坂神社に参拝し、お祓いを受けることになっている。この日は、そんな俺たちを神様が快く迎えてくれているような青空だ。

俺は待ち合わせ場所から揃って移動し、石鳥居と南楼門をくぐって本殿へと向かう。神社の境内というのは澄んだ空気と、どこかピンと張りつめた緊張感があって、自然と心が研ぎ澄まされる。神聖な場所にいるのだ、と自覚する。この感覚が、俺はなんとなく好きだった。

ちなみに、八坂神社は東山随一の観光地としても知られており、敷地も広い。その奥には、憩いの場である円山公園もある。この用事が終わったら、俺も久し振りにぐるっと一周してみようかと思っていた。

「おっ、義久くん。なんや楽しそうやな」

「いや、まあ。もうすぐだなーって思って。気合いが入りますね」

「ははは、そうやなぁ」

親父と同世代くらいの人が笑う。面倒見がよく、なにかと気にかけてくれる人なのだが、はじめは俺の方から少し距離を置いていた。それが今では、俺も気兼ねなく話せるようになっていた。

今年だけの親父の代打だとは思っていても、これだけ祭りが近付くと、さすがに本番が楽しみになってくる。いつしか俺は、自発的に集まりや準備にも参加するようになっていた。

　積極的に関わるようになると、関係者の人々も俺に対して、さらによくしてくれる。元々、小さいころから見てきた祭りである。そりゃあ、親しみが無いわけではない。まさか裏方にまで入るとは思っていなかった。だが、ここまできたら、なんとしてでも成功させたい。

「腹は据わったのか？」

　いきなり声をかけられ振り向くと、そこには御池が立っていた。びっくりするから、急に背後に現れるのはやめてほしい。

「なんだよ。お前、祭りの関連で俺のところに来るの、珍しいな」

「別に来ないとも言ってない。それで、どうなんだ」

「もうここまで来たら、祭りの手伝いはちゃんとやるよ」

「そうか。ところでお前の名は？」

「義久だよ！　金森義久！」

「ちっ……まだか」

　御池があからさまに不満気な顔をする。

「ったく、名前なんか忘れるわけないだろ。いいからどっか行けよ。俺はこれから、ここを見て回るんだから」

「ほう。ならば某が案内してやろう」

「ええー。ひとりで回るつもりだったのに……」

いや、でも待てよ。考えようによっては、神様に神社の案内をしてもらえるなんて、かなり光栄なことなんじゃないか？

御池といろいろな歴史を交えた話をしながら、ゆっくり見どころを見て回る。

御池に案内してもらいながら、というのはかなり楽しかった。

八坂神社には他にも、あの有名な平清盛(たいらのきよもり)の父・忠盛(ただもり)の伝説にまつわる燈籠(とうろう)があったり、
湧水を肌に付けると、美肌はもちろん、心も美しく磨かれると言われている、女性に人気
のスポット・美容水なんていうのもある。俺たちはそれらを、東側から南、西、と順に回
って行った。

「蛭子社(えびすしゃ)は商売の神だ」

「おおっ、だったら、これから始める事業のために、しっかりお祈りしなくちゃな」

「では、某はみつよしの将来の安泰を願うとしよう」

「お前なぁ……」

さらに、縁結びの神様が祀(まつ)られている大国主社(おおくにぬししゃ)も外せない。

「早く俺にも素敵な彼女ができますように！」

「無職ではできぬだろう」

「うるせーっ！　だから早く起業するんだよ！」

そんなやりとりもありつつ、歩いていると、ひょうたん池にかかる橋の上で、河原町が見知らぬ男と話しているのを見つけた。

男は額に角があり、物々しい甲冑(かっちゅう)を身に纏(まと)っている。

「角ということは……あいつも通神か？」

「……いや、あれは八坂神社にも祀られている八将神(はっしょうじん)のひとり、黄幡神(おうばんしん)さまだ」

「御池たちの仲間じゃないのか？」

「そうだな。仲間とは違う。ただ、八将神の中でも、あいつは話がわかる奴だと言って、河原町はよくつるんでいる」

「へえ、神様って言ってもいろいろいるのか」

「それより――」

御池は俺の肩を引き寄せ、木陰に隠れるようにして聞き耳を立てる。

「なんだよ」

「少々興味深い話をしているようだ」

黄幡神と呼ばれた男と河原町は、人間に話が聞かれないのをいいことに、普通の声量で喋っているので、少し離れている俺の耳でも、なんとか聞き取ることができた。しかし、ふたりはどうも不穏な雰囲気を醸し出している。

「今年の澱はだいぶ厄介だぞ。限界近くまで溜まりすぎた」

「天下の黄幡神が言うんじゃ、相当だな」

「祇園祭も浄化の儀式とはいえ、すべてを浄化しきれる保証はない」

「わかってる。俺様も主上さまにそう言われたから、本当は祇園祭が始まる前に神和を見つけて、浄歩したかったんだ」

「見つからないのか」

「いや、まだ神和自体が、浄歩できるところまで目覚めてねーんだよな……」

「どういうことだ」

「資格はあるけど、条件のうちのなんかが足りねえらしい」

どうやら、俺のことを話しているみたいだ。俺だって、できることなら助けにはなりたいものだけど、足りない条件に達する基準と方法がわからないんだよ。そんなことを言うなら、具体的な傾向と対策、教えてくれよ。

「だがな。このままなにもせずに、祭りの日を迎えてみろ。観光客も大勢集まれば、それが引き金となって必ず『澱闇』が発生し、疫病神を呼ぶことになる」

「まずいな」

「だから、そうなる前に……拙者はともかく、きっと他の八将神が、なんらかの手を打つ可能性はあるぞ。ただでさえ、通神が人間と共にと、殺気立って……あ、いや」

「そりゃねえぜ、黄幡神。下手すりゃ、中止もあり得るってことか」

「神社内での祭礼は行われるさ。だが、人が集まる宵山（よいやま）や山鉾巡行はどうだろうな」

「なんだよ、それ！」

「二十万程の見物をする人間共が、無事で済むとは思えないってことだ」

「くっそ……」

「そんなことはさせない！」

俺は思わず木陰から飛び出し、彼等に向かって叫んでいた。池を挟んで橋にいるふたりも、反射的にこちらに反応する。そして、御池は俺の行動に驚きつつも、「やれやれ」といった具合に木陰から姿を現した。

「なんだ、貴様ら。コソコソしやがって」

「お前たちの話の腰を折っては悪いと思ってな」

「河原町、そいつが神和か」

「ああ、そうだ」

「絶対に中止になんかさせないからな！　祭りは絶対に、完全な形で成功させるんだよ！」

だって、そうだろう。歴史を学び、祭りの意義と町衆の心意気を知った今の俺には、もうわかっている。

「新参者の俺はともかく、山鉾は町の人々がとても大事にしてきた文化だ。山鉾は火事や戦争で長く断絶しながら、たくさんの人たちの尽力で、なんとか復活を遂げたものだって多いんだ。それに、なにより俺はこれまで、祭りに関わってるみんなの熱意を肌で感じてきた。澱？　はあ？　そんなもん、なんぼのもんや！」

俺は神様たちを前に、力一杯の大見得を切る。するとその瞬間、俺の胸元に強い光が宿り、形を成していく。

「え、ちょっと待って、なんだこれ！」

俺があたふたしていると、その光は、小さな鉾を象ったシルバーのネックレスとなった。

「あれは祝華……神和の条件に達したか！」

黄幡神が呟いた。

「おい、貴様の名前は⁉」

「だから忘れるわけねーって……あれ？　マジかよ……なんだっけ……」

河原町が力強くガッツポーズを見せる。

「よくやった。今のお前なら浄歩も叶うな。これで間に合う！」

祭りを守れる人間はただひとり。俺だ！

名前が思い出せない戸惑いはありつつも、使命感に燃え、俺は力強い視線で御池に応えた。

　御池通は京都市の中心を東西に走る主要な通りである。道幅も広く、交通量も多い。また道沿いには祇園祭発祥の地・神泉苑もある。

　そんな御池通の東端、川端通との交差点に、俺たちは立っていた。ここから西端である三条通を目指す。ひとまず、それが浄歩というものらしい。

　実は、俺が祝華を生み出して正式に神和となってから、本格的に祇園祭の手伝いが忙しくなってきた。そのため、時はすでに山鉾巡行の前々日の晩、宵々山の日である。残された時間は少ない。絶対に失敗は許されない。

　ところで、祭りの手伝いといえば、神和に目覚めて、ひとつだけかなり面倒なことがあった。手伝いの人たちは、最初こそ俺を「『みつよし』んとこの」みたいに、屋号で呼んでいたのだが、最近は距離が縮まって、ちゃんと名前で呼んでくれるようになっていたのだ。

　だけど、神和になると名前を忘れる。だから、周囲の人たちは俺を呼んでいるつもりでも、俺がそれを自分の名前だと認識できなくなってしまい、作業に支障を感じたのだ。だから仕方なく、俺はみなさんに、今日からしばらく店の屋号で呼んでもらうようお願いした。

すると、年配の人なんかは「ついに店を継ぐ気になりはったんか」なんて勘違いし始めて、親父に連絡しようとする人もいたので、慌てて制止したものであった。

そんな余談もありつつ、迎えた今。

「……なんだ、この景色は」

めまぐるしい忙しさから見えていなかったのか、神和になったから見えるようになったのかはわからないが、よく見てみると、通りのそこかしこに真っ黒な霧状のなにかが蔓延っている。

「見えるか。これが澱だ」

「ああ。……こんなことになってたのか」

日頃から、御池と一緒にこの通りを歩くと「京都のシャンゼリゼ通り」だと誇らしげに言っていただけに、それがこんなに汚されている様は、さぞ悔しかっただろう。これらの澱を放置したままにしておけば、京都の街に災いが起こる。だから、ひとつ残らず浄化するのが、俺たちのミッションということだ。

「そういえばさ……この前、円山公園で河原町と、もうひとり一緒にいた……黄幡神だっけ？　そいつの話に出てきたんだけど、疫病神ってそんなにヤバいのか」

「当たり前だろう。……ただ」

「ただ？」

「奴の性格自体は、そんなに悪いわけじゃない。人懐っこく、人間のことも割と好きだ。だが、災いを呼ぶ自らの性質も自覚しているから、普段は距離を置いている」

「なんだ。いい奴じゃねえか」

「平常時であればな。しかし、奴は澱闇に引き寄せられる習性がある」

「澱闇……ああ、澱がでっかくなった凶悪バージョンだったっけ」

「そう。その澱闇の瘴気と交わることで疫病神は我を忘れ、厄災を撒き散らす。そうなってしまうと、神とて手には負えない」

「そりゃ、やばいな。厄災って、例えばどんな？」

「過去には京都中を焼き尽くす大火を起こしたり、大勢が死に至る疫病を蔓延させたりして、甚大な被害を人間界にもたらした」

　だんだん事の重大さが理解できてきた。そりゃあ、通神たちも神経質になるというものだ。それに、『大火』と聞いてピンとくる。

「もしかして、多くの山鉾が失われたっていうのも、疫病神が起こした大火事のせいだったりするのか？」

「ああ、そうだ。同じ『神』として、疫病神にはその身に背負う悲しい定めに同情しないでもないが……」

　いやいや、言いたいことはわからないでもないけど、やっぱり、そいつはあまりにも厄介者すぎる。しかし、話は繋がった。だったら、なおさら疫病神を近付けちゃいけない。

そのために浄化を完遂する。今の俺には、それをするだけの理由がある。

「それじゃ、いっちょ清掃作業といきますか！」

と、気合いを入れたものの、浄歩の仕方は意外と簡単だった。俺は御池と手を繋いでいるだけでいい。

とは言っても……この状況に、少々抵抗が無いわけでもない。まあ、他人の目から御池の姿は見えないけど……なんかこう……大のオトナの男同士でっていう絵面を想像してしまう。

「いや、これは仕方ないよな」

「……何が仕方ない？」

「いや、べつに。あっ、あそこにもあるぞ」

そして一緒に歩きながら、見つけた澱を御池が祈ることで浄化していく。

これならサクサク終わりそうだ。さっさと片付けて、さっき通り過ぎた烏丸（からすま）通辺りの露店で、一杯飲みにでも行こうじゃないの。

……なーんて考えていたときが、俺にもありました。夜に浄歩なんてするもんじゃない。街路樹の足元とか、建物の間とか、街灯の光が届きづらいところほど、澱は落ちているものの、結構慎重に目を凝らして探さなくてはならないのだ。これは、なかなか時間がかかりそうである。俺は広くて長い御池通を、初めて憎らしく思った。

すると、俺がそんなふうに思っているなどとは知る由もない御池が、口を開く。

「どうして、お前は店を継ぎたくないのだ」

「いや……だって、俺はもっとビッグなビジネスがしたいんだよ」

「和菓子屋でビッグなビジネスをすればいい」

「おいおい、ずいぶん簡単に言ってくれるじゃないか。古いだけで、どこにでもあるような和菓子屋だぞ。売り上げだってタカが知れてる。それがビッグなビジネスになんかなるわけ――」

俺が御池を笑い飛ばそうとしたとき、町の人々の顔がよぎった。

そうだ。うちの店は古いだけじゃなかった。

たくさんの人に愛されていた。

美味しいから再開を楽しみにしていると、口を揃えて、たくさんの人が言ってくれていた。

そして、店の存在は、長年離れて暮らしていた俺と京都の街との繋がりを、結び直してくれた……。

これは信用と実績という、店にとっても俺にとっても大きな財産だ。それも、なかなか得難い財産なのである。それに気付いた瞬間、店を畳もうとしていることに一抹の罪悪感を覚えた。

「あれ……なんで俺、あの店を継ぎたくなかったんだっけ……？」

御池通に面したうちの店が見えてくる。だんだん近付くごとに、俺は自分の気持ちがわからなくなっていた。

ふと、過去の記憶が脳裏に浮かぶ。あれは確か、俺が小学校の低学年くらいのことだっただろうか。親父は時折、開店前に俺を調理場に入れてくれた。親父は白い作務衣に身を包み、丁寧に、丁寧に菓子を作る。

俺はそれを、少し離れたところからじっと見ていた。幼い俺には親父の技術なんかわかるはずもない。ただ「美味しいお菓子」ができ上がるのを楽しみに待っていた。そして、しばらくすると親父が振り向く。

「できたで。食べるか？」

「いただきます！」

菓子を差し出され、俺はそれを一口で頬張る。甘味が口の中に広がっていき、多幸感に包まれる。あのとき、親父はなにを思って俺に菓子作りを見せていたのだろうか。店を継がせるためだろうか。ただ父親として、自分の仕事振りを息子に見せて、胸を張りたかっただけだろうか。親父の性格を考えると、どちらもなんだかピンとこない。

親父が作る菓子は確実に美味しい。それは大人になっても忘れない真実だった。広告代理店に就職したての頃。仕事でちょっとしたミスをしてしまい、取引先に謝りに行ったことがあった。そのときには、親父の店の菓子折りを取り寄せて持って行った。注文の電話を入れたときに、親父は訝しんだ。

「どうした、お前がうちの菓子を取り寄せるなんて初めてやないか」

「いや、別に」

「なにかあったんか」

「あーもう、うるせえな。なんだっていいだろ」

それでも理由をしつこく聞いてきたので、渋々ミスをしたことを白状した。すると、送られてきたのは、普段店では出していない特別製の詰め合わせだった。

後日、その取引先からは菓子がとても美味しかったと言われ、そのチョイスのセンスを買われて、挽回のチャンスを貰えることとなった。それで死に物狂いでがんばって仕事を成功させて、上司からも信頼を得ることができたんだ。そのときは、俺自身のツテの強さを誇ったものだけど……なんだよ……俺、親父に助けられてるじゃねぇか。

うちの店の前に来る。すると、『臨時休業中』の紙が貼られたシャッターの足元から周辺の歩道にかけて、ビー玉くらいの小さな澱が無数に転がっていた。澱というのは人間のマイナス感情から発生すると、御池が言った。

それは「悲しい」とか「寂しい」「残念」なども含まれる。親父が倒れてから数週間、きっと何人もの人たちが、この店の前で貼り紙を見て、そんな感情になり、帰っていったのだろう。この歩道に転がるいくつもの澱は、そんな人々の残していった店への期待と愛情だ。

俺と御池は、これらの澱を粛々と浄化する。一粒一粒の澱が消えていくごとに、俺の中で、自分はこれからどうすべきなのかという葛藤が膨らんだ。きっと、ここが俺の人生のターニングポイント。絶対に選択を間違えたくはない。

「なあ……御池は親父が作った菓子、好きなんだよな……」

店の前がすっかり綺麗になって、御池が先に歩き出そうとしたとき、俺はその場に立ったまま尋ねる。すると俺の意を察してか、御池は振り向く。その表情はやや厳しい。不機嫌そうに眉間に皺を寄せている。

「愚問だな。そんなことは当たり前だ」

「食べられなくなったら、悲しいか？」

「しばらく立ち直れないかもしれない。あるいは、事情を知った今なら、某は一生お前を恨み続けるかもしれない」

「え、そこまで……？」

「長年続いてきた楽しみを、この時代でひとつ失うんだ。大袈裟なことではなかろう」

神様に恨み続けられるのは嫌すぎる。絶対、なにかよくないことが起きそうだ。それも御池の口振りだと、割と陰湿なやつだ。御池通を歩くたびに犬のウンコを踏んだりとか、そういう感じの……。

でも、御池の言うこともわかる。幼い頃の俺も、そんな気持ちだったかもしれない。たまに時間が空いたときにしか作ってもらえなかった、俺のためだけの親父の菓子は、本当は毎日でも食べたかったし、ずっと食べ続けたいと思っていた。食べられなくなるかもしれない日が来ようなんて思ってもみなかった。それが、いつしか大人になるにつれて、気持ちは遠ざかってしまったのだけれど。

「もういいか。先を急ぐぞ。まだ先は長い」

「あ、ああ……」

そうして、俺は差し出された手を取り、再び歩き始めた。

御池通はいくつかの顔を持つ。川端通から堀川通までのシンボルロードは、山鉾巡行の経路となっている左右八車線の広い道、そして、堀川通から二条駅東口間はぐっと道幅も狭くなり、二車線である。

だから、堀川通までの浄化を終えれば、浄化はグッと楽になった。二条駅が見えてくると、あとは最後の踏ん張りどころ。俺たちがすべての澱を浄化し切り、ゴール地点である三条御池の交差点まで辿り着いたときには、もう日付が変わっていた。眠い……でも、なんとかやってやったぜ……。

御池が手に持つ浄化札に、御朱印のような模様が浮かび上がる。

「あ……札が飛んでいく……」

「これで某の浄歩は終わりだ」

すると突然、御池がハッとしたような顔をする。

「思い出した……」

「なんだよ」

背の高い御池が顔を俺に近付けて、まじまじと見つめてくる。

「『みつよし』初代が某の通りに開業する前日。新しい店ができて嬉しかったので、姿を現し、様子を見に行った」

「初代って、俺のご先祖様か」

「そうだ。すると、某を見つけた初代が最初の客だと言って、神棚に捧げた水無月を食べさせてくれたのだ」

「……そうなんだ」

「某は感動した。初代の行いもそうだが、なにより、あの水無月の美味さにだ。その感動を今、思い出した」

ああ、そうか。親父の見舞いに行ったときに言っていた、思い出せない思い出って、きっとこのことだ。御池は、うちの店の創業からずっと見守ってくれていたのか。だから、これほどまでに店の今後について想ってくれているんだ。

「面影がある」

「えっ？」

「初代・光義が自身の名を屋号にして店を開いたのは、ちょうどお前と同じくらいの年だったはずだ。某は、素晴らしい店ができたと思い、嬉しかった」

なんだか俺は、誇らしい気持ちになった。

「俺さ……どうすればいいのかな」

「なぜ某に聞く」

「だって」

「お前の人生はお前のものだ。某が干渉していいものではない。自分で決めろ」

「……だよな」

「信じられる道があるのなら、突っ走るのもよいが、迷いが生じたなら、一度立ち止まり、己を振り返ってみてもいいとは思うぞ」

「……そうだな」

「……明日も早い。河原町も気合いを入れていた。今日はもう帰って休め」

「ああ」

御池の言う通りだ。気持ちを切り替えよう。今は祇園祭の成功のために、やるべきことをやるだけだ。明日の朝は河原町通を浄歩する。

そして、山鉾巡行の初日を無事に迎えてみせる。タイトなスケジュールだけど、俺は自分に気合いを入れるため頬を両掌でピシャッと張った。

「よーし、準備完了！」

俺は襟付きの白いワイシャツにスラックスという、夏のクールビズ仕様の戦闘服に着替えると、河原町と落ち合うため意気揚々と家を出た。

河原町通は、京都市の南北の主要な通りのひとつである。その北端・葵橋西詰が河原町との待ち合わせ場所だ。俺たちはそこから南下して行き、十条通を目指す。

そして、この日は昨夜浄歩を完了したばかりの御池も同行してくれた。遠くの空が白み始めた。今日は山鉾巡行前日である。急がなければならない。俺は御池通を左折して、鴨川沿いを全力ダッシュした。

そして、『葵橋』と彫られた柵の擬宝珠に肘を突きながら待っていた河原町と合流し、手を繋ぎ、澱を見つけては浄化していく。なかなか順調なペースだ。あと、河原町のやる気がすごい。

「なあ……」

「なんだ」

「神和のこと、すごい探してたって言ってたけど、どんくらい探してたんだ？」

「馬鹿野郎。二～三週間は探したぞ。毎日、朝から晩まで京都中の通りを歩き回ってな！」

「……そっか」

　なんで怒られたのかはわからないが、それならば、やる気満々なのはわかる。これが俺だけだったら、疲れと眠気でしんどい作業だったと思うが、賑やかな河原町が、澱を浄化するたびにいちいち「よっしゃあ！」だの「一丁上がり！」だのと景気よく叫ぶので、こちらも気分が高揚する。俺もつられて叫びたくなるが、そこは人間と通神の大きな違いだ。ただ今、早朝。通神の声は人間に聞こえないが、俺の声はただの騒音となってしまうので、我慢しなければいけない。

　実際、河原町通の浄歩は、御池通のときと比べてずいぶん楽だった。朝なので澱が見つけやすいのもあるが、昨日で澱が落ちていそうなところを掴むことができたということが非常に大きい。

　あっちにあるぞ。ふたりでダッシュ。そして浄化。あっちにも見つけたぞ。ふたりでダッシュ。再び浄化。これの繰り返しだ。スナイパーがいい仕事をするためには優れた観測者というパートナーが必要不可欠というが、今の俺たちもそんな感じだろう。

　そうして、昨日も通った御池通との交差点を南に渡り、さらに三条通までサクサクとやって来る。ここから四条通にかけては、京都有数の繁華街だ。アーケードの下にはおそらく、とんでもない量の澱が見つかることが予想される。ここが浄歩の山場となるだろう。

……と覚悟はしていたが、俺は今、とてつもなく恐ろしい四条河原町の交差点の光景を目の当たりにしていた。幅は左右の歩道の両端にまでかかり、高さはアーケードを飛び越えて、さらに見上げるほどの巨大な靄の凝縮された塊が、通りの真ん中に「でーん」と鎮座していたのである。

ちょっと待って、さっきまでは、大きくても両手を広げたくらいまででしたよね……。

急にサイズ感、おかしくないか……？

「まずいな……こりゃ、澱闇だ」

河原町が冷や汗を一筋流すのを、俺は見逃さなかった。すると、御池が口を開く。

「河原町、ここでは戦えない。場所を移すぞ」

「わかってる。通仕るッ！」

景色が歪む。これはあれだ。夢だと思っていた通神たちの住む世界へ行くやつだ。俺は目が回りそうになり、目を閉じる。そして、再び目を開いたとき、そこはやはり異世界であった。

時代劇に出てくるような通り。しかし、そこかしこの特徴は少しだけ既視感がある。俺は御池に向かって尋ねた。

「ここは？」

「京の河原町通の、さっきと同じ場所だ」

要するに、人間の世界でドンパチするわけにはいかないから、こちらに連れてきたというわけか。

しかし、真っ先に飛びかかっていきそうな河原町が動かない。御池も躊躇（ちゅうちょ）しているようだ。

「なあ、早く浄化しちゃわないといけないんじゃないのか」

「待ってろ。今、対策を考えてる」

いつもイケイケドンドンな河原町が、どうしたものかと悩んでいる。だが、それを待ってくれるほど、澱闇は甘くなかった。

しゅわしゅわしゅわしゅわしゅわ。

俺たちの気配に気付いたのか、澱闇から黒い靄が噴出している。そして、その靄は俺の首にまとわりつき、固形物となって締め上げてきた。

「ううっ、くっ、苦しい！」

あと、臭い！　強烈な異臭を放っている！

「フンッ！」

すかさず、河原町が虎毛だと自慢していたマフラーを振り回し、風を起こして俺の首に巻きつく靄の塊を散らしてくれる。

「ふう、助かったぜ……」

「お前はあんまり前に出るんじゃねえ！」

「わかってるって！」

それにしても澱闇のやつ、俺を真っ先に狙ってくるとは、よく心得ている。ハッキリ言って、俺は戦う術など持っていない。こいつら通神に守ってもらわなきゃ、すぐに死ぬぜ！　と、圧倒的に格好悪いことを心の中で叫びながら、俺はとにかく、澱闇の的にならないよう走り回り続けた。その間もずっと靄は放たれてくるが、とにかくそれを河原町が散らす。御池もいつの間にか持っていた杖を振りかざし、どこからか呼び出した水を靄にぶつけて流している。

「御池ぇ！　お前、普段から策士ぶってるんだから、なんかいい案はないのかよ！」

「戦力に差がありすぎる！　某の呼び出す京の清め水も、足止め程度にしかならないようだ。やはり、澱闇も浄歩の儀式では」

「俺様は神和を守るので、いっぱいいっぱいなんだよっ！」

「しかし、やるしかないだろう！」

「くっそぉぉぉぉ！　やればいいんだろ、やーれーばッッ！」

ああ、すいません。足手纏いになってる自覚はあるんです。でも、せめて言い合いするのだけはやめてください。大事なプロジェクトのメンバー同士がケンカしてたら、その仕事はもうアウトです。

そのときである。どこからか巨大な十字槍が飛んできて、澱闇がいる近くの地面に突き刺さる。

「うおおっ、なんだこれはっ！」

「あの槍は――」

「来てくれたのか、黄幡神！」

おおっ、あの人は河原町のお友達の神様！

すると、俺の視線の先、古い建物の屋根の上に立つ黄幡神が、颯爽と飛び降りて槍を抜く。

「拙者が澱闇を止める。その間に、河原町は神和と共に奴を浄化しろ。御池は援護を頼む」

そう言うと、黄幡神は十字槍を目にも留まらぬ速さで大きく振り回し、刃を下段から勢いよく横に払って切る。すると、強力な斬撃はすさまじい風を起こし、澱闇の周りに大量の土煙を巻き上げた。さらに、その土煙は澱闇を包み隠し、そのまま固まる。これで澱闇の靄の噴出は、しばらく食い止められそうだ。

しかし、そのまま渇いた土を塗り固められて黙っている澱闇ではない。内側からドン、ドンと衝撃音が聞こえてくる。すると、表面にひび割れが生じ始め、次第にそれは大きく広がっていく。

「御池！」

黄幡神が叫ぶと、瞬時に反応した御池が、杖を再び振りかざす。そうして呼び出された清めの水を、渇いた土はどんどん吸収していく。これだと土は脆くなってしまいそうなものだが、どうやら違うらしい。

土の中から澱闇が放つ衝撃音が、少し弱まっていく。

効いている。そうか、固まった土はあくまで物理的な拘束。しかし、全体を覆う土に清めの水が染み込むことによって、たとえるならば今、澱闇は全身にまんべんなく硫酸をかけられているようなことになっているのだ。あとはこいつを消し去るのみ！

「今だ、河原町！　手を！」

「おうっ！」

俺は河原町と手を繋ぐ。そして、河原町は浄化札を手に祈り始める。だが、いくら強く祈っても、まだ澱闇は小さくなる気配が無い。

「くそっ……俺様の力が及ばねえだとぉッ⁉」

浄歩を完了していない河原町は、本調子が出せない様子。くそ……こんなことになってるってのに、俺はただ見ているだけしかできないのか……⁉

「俺だって祇園祭を、みんなを守りたいのに……俺にも力さえあれば……ッッ！」

たまらない悔しさから思わず叫ぶ。すると、祝華と呼ばれていたネックレスの鉾が、再び激しく輝きを放ち始めた。そして、鉾はみるみるうちに大きくなっていき、俺の両手に収まる長槍となった。どういうわけか、俺はこれの使い方を自然と理解する。

「うおおおおお！」

俺は雄たけびを上げながら、勢いよく澱闇に向かって長槍を突く。しかし、この距離からでは刃が届かない——と思いきや、槍の柄が真っ直ぐ伸びていく。そして、ついに澱闇のど真ん中に突き刺さったのだ！

その瞬間。土に塗り固められた内側から穴が開き、幾筋もの強い光線が飛び出していく。そして、光が収まると、抜け殻のように残った土がさらさらと崩れていき、やがて、そこにはなにもなくなった。

さらに、黄幡神がなにかを呟き念じると、土は風で飛ばされていき、割れた道も元通りになる。まさかこの場所で、たった今まであんな死闘が繰り広げられていたなんてことが想像すらもできないくらいだ。

「お前、すごいじゃねえか！　さすがは俺様の神和だ！　俺様の目に狂いはなかった！」

「神和、よくやった」

河原町と御池が興奮した様子で、俺のところに集まってくる。へへっ……普段はお祈りをして成就すると感謝するべき相手である神様に、逆に感謝されるなんて、嬉しいじゃないか。

　すると、その様子を遠くから見ていた黄幡神は、ふっと小さく笑顔を見せて去っていった。

　俺の胸元を見ると、さっきの長槍は元のネックレスに戻っている。俺の願いに応え、力になってくれてありがとう。俺はトップの鉾をぎゅっと握った。

「さあ、あとちょっとだ。ぱぱっと終わらせて、祭りに備えよう！」

　俺が明るい声で檄を飛ばすと、ふたりとも力強く頷いた。


　こうして、どうにかこうにか河原町通の浄歩も、巡行が始まる前に完了した。

　あの澱闇との死闘を潜り抜けた俺たちにとって、もはやちょっと大きめの澱くらい大した問題ではなく、その後の浄歩はスムーズだった。

　御朱印が浮かび上がった浄化札が飛んでいくと、河原町がどれだけやかましく大騒ぎするかと思っていたのだが、実際は、なんだか物憂げな表情を浮かべながら天を見上げていた。

「今度も俺はなんにも役に立たなかった……。逆に、人間に助けられちまうなんて……」

　なんのことだ？　今度も？　以前の浄歩のことでも思い出しているのだろうか。俺が、そんな疑問を投げかけようとすると、御池が俺の肩を叩き、首を横に振る。

「察してやってくれ。豊臣(とよとみ)の時代……こいつに河原町と名がつく以前、鴨川には刑場があった。そこで、こいつは処刑され死んでいく何人もの人間を見てきた。その中には罪無き者も多くいたと聞いている。きっと、そのときの記憶も思い出したのだろう」

「そうだったのか……」

「この何百年もの間、罪無くして絶たれた命を数え、京都の安寧を祈りながら彼等の御霊の供養もしている。今はただ、そっとしておいてやってくれ」

辛い記憶も思い出してしまうなんて、浄歩ってのもなかなか残酷なものだ。もしかしたら、こいつにとっては忘れたままの方が幸せな記憶だったのかもしれない。

「おい、なーにシケた面ぁしてやがる」

河原町から声がかかる。いつもの調子の声だ。

「神和ぃ、おまえ、御池からなんか余計なこと聞いただろ？」

「ああ……お前にも辛い過去があったんだな」

「そりゃまあ、道に歴史ありだからな」

「忘れていたかった、とか考えなかったのか？」

「そういや、主上さまもそんなようなこと心配してたな。でもよ。どんな悲しい過去だって、それもひっくるめて俺様だ。だから、思い出してよかったたって思うぜ。……ありがとな」

「……強いな」

「当たり前だ！　俺様を誰だと思っているんだ」

さすが河原町だ。自分の熱い胸板をドンと拳で打つ様を見ていると、それが決して強がりなどではなく、本当なんだと信じられる。

「おっ、お前も手伝いがあるんだろ。早く行こうぜ！」

「ああっ、しまった。こんなところで立ち話している場合じゃなかったな！」

俺は大急ぎで、手伝いの集合場所に駆け出した。

そして、前祭の山鉾巡行の当日。

河原町御池の交差点に山鉾が見えてくる。俺たちが清めた通りだ。

大勢の引き手によって前進する山鉾は、どれもが豪華に飾られて、勇壮な姿をたくさんの観客たちに見せつける。ここにいる誰もが目を輝かせて眺めていた。

次々とたくさんの山鉾が目の前を通過していき、その中のひとつに目が留まる。

お祭り男の河原町は、居ても立ってもいられなかったのだろう。人間の邪魔をしないように姿を見せてはいないにもかかわらず、「あっちを引け！」だの「俺様の言う通りにしておきゃ大丈夫だ！」だの「ああー、違う違う！　そうそう、その調子だぜ！」なんて騒いでいるのだ。
「そういえば、御池はなにしてるんだ……？」
と思ったら、有料の観覧席に御池を見つけた。あいつもあいつなりの満面の笑みで、山鉾や楽しんでいる人々を眺めていた。
しかし、そんな楽しい祭りも、いつかは終わりがやって来る。これで親父の代打だった
俺の仕事も、ひとまず一区切りつくのだ。そして、神和としての俺は、一ヶ月にもわたる
祇園祭を成功させるため、二つの通りを浄化することが役割だった。つまり、すべての祭
りの行事が滞りなく終わった今、神和でいられる時間も終了を意味していた。
俺の前に御池と河原町が現れる。
「やっぱ祭りは最高だったぜ！　お前も楽しかっただろ、神和」
「そうだな。この気分はまた味わいたいよ」
「ははっ、最初はあんなに嫌がってたってのになあ。無理矢理でも引っ張ってった甲斐が
あったってもんだ」
そう言うと、河原町は腕組みしながら満足そうにうんうんと頷く。無理矢理っていう自
覚はあったのか、こいつにも。
「なあ、御池。……うちの店の初代はさ、俺と同じくらいの年で開業したんだろ？　でも

さ、例えば俺が今から修業したとして、まだ間に合うと思うか？」

「ビッグなビジネスをやるんじゃなかったのか？」

御池は、ふて腐れたような顔付きで俺を睨む。この話題になると、こいつはいっつも皮肉屋っぽくなるんだよな。

「前にも言っただろう。決めるのはお前だ」

「そうだったな」

「だが、それに加えて、もうひとつだけ言っておく」

「なんだよ」

「いい加減な菓子なら、某は食べないぞ」

「ははっ。それって結局、背中を押してくれてるようなもんじゃないか」

俺だってわかってる。中途半端に関わるよりも、どっぷりのめり込んでしまった方が充実感が得られるのは、祭りの手伝いでも学んだことだ。

「まあ、見てろって。開業当初からの常連さんをがっかりさせるようなことはしないからさ」

俺は御池に向かって、びしっとサムズアップを決めてやる。

するとそこで、俺の記憶は途切れた。

朝、俺はいつもよりずいぶん早めに目が覚める。

なんでだろう。昨日なにがあったんだっけ。そうだ、長い祇園祭の行事が滞りなく終わったところだった。それが終わったあとは……。記憶を遡るが、どうにも思い出せない。

祭りの打ち上げでもあったんだろうな。それで、きっと俺のことだから、手伝いの仕事が一段落して肩の荷が下りて、飲みすぎたんだろう。

それで、そのまま帰ってきて早めに寝たんだ、たぶん。記憶を無くすまで飲むなんて、久し振りだな。でも、全然胃が荒れてる感じもしないし、頭痛も無い。俺もまだまだ若いってことだ。

「うーーーん！」

身体を起こした俺は、そのまま大きく伸びをする。

あれ……そういえば、他にもここ数週間、夢みたいな出来事があった気がする。でも、それがなんだったのかわからない。

「まあ、いいか。祭りが楽しかったから」

そんなことより、今日は親父が退院する日だ。俺は大急ぎでノートパソコンを開き、書きかけの事業計画書を大幅に修正する。親父は俺に「好きにしろ」と言った。だけど、口で言ったところで頑固な親父のことだ。そう簡単には俺の決断を受け入れてくれないに決まってる。だったら、こういう形で誠意を見せた方が話は早い。

これを見せたら、親父はなんと言うだろう。驚くだろうか。それとも、内心では密かに喜んでくれるだろうか。

今では、祇園祭の手伝いができたことを、親父に感謝している。だって、祭りに関わる京都の人々と交流するうちに、俺には挑戦してみたいことができたんだから。こんなに京都の街中の人々に愛されて、長く受け継がれてきた和菓子屋だ。もっと多くの人に知ってもらいたい。

だったら、俺も親父の下でしっかり修業しながら、これまで培ってきたノウハウも活かして、日本中、いや世界中に『みつよし』の名を轟(とどろ)かせてやる！

そういえば、ふと思ったことがある。店の屋号は初代の名前が付けられていると昔、親父から聞いた。漢字で書くと『光義』。さらに、親父の名前は『茂久』。そして俺の名前は『義久』。屋号と親父の一字ずつが入っている。もしかしたら、これからやろうとしていることは、親父が俺に名付けたその意味というか、願いのようなものにも応えられているのかもしれない。

「ようし、やってやる！　まずは親父が退院して落ち着いたら、修業開始だ！」

大金を動かす華やかな広告業界に比べ、和菓子屋の店主なんて、地味でつまらないものだと思っていた。でも、だったら、これまでの経験を活かして、自分の力でビッグなビジネスに育てればいい！

手始めに通販サイトを作ってみるか？　店を改装したら、イートインのスペースを作るっていうのもアリだ。近所のお茶屋さんとコラボして、そこでお茶も出せば、憩いの場になるだろう。

でも、一気にいろいろやりすぎてしまうと、菓子の生産量が足りるか心配だな。うちは代々受け継がれてきた、完全手作りが売りなんだから。俺が一人前の菓子職人になるまでは、少しずつ成長させていくのがいいだろう。そうして軌道に乗ってくる頃には、人も雇えるようになるかもしれない。おおお！　なんだかこっちはこっちで、明るく華やかなビジョンが見えてきた！

そうそう、華やかと言えば、親父に頼んで、来年の祇園祭も手伝いたいものだ。店も祭りも、受け継ぎ、繋ぐ。そんな歴史を支えるひとりとして自分も関われるということが、なんだか誇らしいじゃないか。

俺はでき上がったばかりの事業計画書をプリントアウトして、ビジネス鞄に入れる。そして大急ぎで着替え、家を飛び出した。はじめに親父の見舞いに行った日とは違って、外は夏の日差しが眩しかった。

「来年の祭りも楽しみだぜ！」

「来年はお前の作る水無月、期待しているぞ」

病院に向かっている道中、ふと、そんな声が聞こえた気がする。逸（はや）る俺の歩みは自然と早くなっていった。

一方その頃、京・丸太町屋敷の謁見の間では、一騒動が起きていた。烏丸と四条が丸太町に詰め寄っていたのである。

そもそも、事の発端は祇園祭の前日、早朝のことだった。通神の誰もがそうだったように、祭りが楽しみで、烏丸は一際早い時間に目覚めてしまう。そこで、彼は通りの様子を見に、散歩に出かけたのだった。足は自然と山鉾巡行のルートを辿る。ところが、四条通から歩き始め、河原町通に入り、御池通のところで、彼は河原町が人間と一緒に歩いているところを見つけてしまう。

「まさか……そんなことが……？」

にわかには信じがたい光景に、烏丸は驚愕した。河原町が、力を使って姿を見せているわけではない。しかし、あの人間には、どういうわけか河原町の姿が見えている様子なのだ。

彼は不審に思い、見つからぬよう跡をつけた。するとどうだろうか。河原町が人間と手を繋いで祈り、あの禍々しい黒い靄――澱を浄化しているではないか。しかも、あれほどはっきりと色濃くなってしまった澱は、彼等が普段行っている通常の祈りでは祓えない。

あれは自分の知らないなんらかの儀式だ――烏丸はそう確信した。

「あんな方法があったなんて……」

彼も、日頃から澱の増加については危惧していた。しかし、あの方法を用いれば、通りを綺麗に浄化することができるのだ。

烏丸は南北組のリーダーとして、悩んだ結果、このことを東西組のリーダー・四条に相談すべく、山鉾巡行のあった次の日、彼のいる東西御殿へ向かった。

「河原町と人間が、共に通りの浄化を行っているのを見ました」

烏丸がそう告げると、四条にも心当たりがあったようで、謎が解けたというような表情を浮かべる。しかし、それは次第に怒りの形相へと変わっていった。

「どうしたのです？」

「七月に入り、我は度々澱に汚された皆の通りを見回っておった」

「それは……大変でしたね」

「ところが昨日、河原町通や御池通を見に行ってみると、澱のひとつも見当たらなかったのだ」

「つまり、御池も儀式のことを知っていたと」

「そういうことであろう……我は、その2条の通りを見て愕然としたのだ。祇園祭を迎える前々日の昼頃までは、我が通りと同じく澱があちこちにあったのに。巡行の時を迎え行ってみると、澱が消えていた……そういうことであったか」

「……ええ」

「それで、そなたはどうするつもりだ」

「もし、河原町や御池が以前から儀式の方法を知っていたとすれば、私たちに共有しないのは不自然でしょう。これにはなにか裏がある……。ですから、河原町に探りを入れてみようかと思います」

「簡単に口を割るか？」

「いえ。ですから、こちらも隠密に」

　こうして、四条の屋敷から帰ると、烏丸は河原町を観察し始めた。

　すると、さっそくその日のうちに、河原町が出かけていった。彼の向かった先は、丸太町屋敷だった。

　烏丸はそのまま丸太町屋敷の門の前で、しばらく観察を続けた。すると、そこに御池や双子の東洞院（ひがしのとういん）・西洞院（にしのとういん）までやって来たのである。

　これはなにかある。烏丸はそう確信した。

　そうして、彼はすぐさま四条を伴って、丸太町屋敷へと乗り込んでいった。

　――というのがまさに今、この状況なのだ。

　烏丸が前のめりになって、丸太町の目を睨むように見つめながら問う。

「これはどういうことでしょうか、主上。まさか、澱の浄化を人間と共にする方法があったなんて」

「……」

しかし、丸太町も烏丸の剣幕には少しも退くこと無く、猫の面の奥から相手の目を見据えている。だが、あくまで沈黙を貫くつもりのようである。ただ、烏丸もこれで引き下がるわけにはいかない。

「私ははじめにあれを見たとき、河原町が勝手にやっているものだとばかり思っておりました。しかし、四条の話を聞くと、どうやら事情が異なる様子。そこでこうして参った次第です。どうか真実をお話しくださいませんか」

「おい、烏丸！」

河原町が制止しようと烏丸の肩を掴む。しかし、烏丸はそれを力ずくで払い除ける。四条は止めない。そんな彼等の後ろでは、双子たちがどうしたものかと慌てている。そして見かねた綾小路が立ち上がりかけると、丸太町は「よい」と一言だけ言い、下がらせた。

「……私とて、なにも事を荒立てるつもりは無いのです」

烏丸も襟元を正しながら座り直す。すると、今度は四条が切り込んだ。

「主上、儀式はあなたの命で行っておられたのか」

しかし、丸太町は相変わらずなにも語ろうとはしなかった。その目、口元の表情からは思考がまったく読めない。

「教えてはくださらぬか。我と烏丸には、組をまとめる者として知る必要がある」

「その通りです！」

　普段はクールな四条だが、落ち着いた口調の中に青く燃える火のような怒りがこもる。そして、それに同調する烏丸の言葉には悔しさや悲しみすら滲む。

「なぜ、私たちにまで隠し事をするような真似を……！」

「あれだけ人間には関わらぬようにと仰り、我等もそれに従ってきた。しかし、なぜ我等に知らせることもなく人間と共に儀式を行っていたのか。我には些か納得がいかぬ。十分なご説明を！」

　伝えるべきことを伝えた烏丸と四条は、丸太町の反応を待つ。そして他に口を挟む者は無く、広間にはしばしの沈黙が流れた。

第四章　聞きたかった真実

「……なぜだ」

またしても不満を口からこぼしてしまい、烏丸はこのままではいけないと反省した。

日々通りの安寧を祈るお役目は、澄んだ心で行うものだ。

だが、そうはわかっていても、すぐに集中できるかといえば、いかに通神たる彼であっても、易々と切り替えられるわけではない。

彼もそう思ったから、一番気に入っている場所、烏丸七条・東本願寺前の信号の上に立ち、景色を眺めて、一度心を落ちつけようとしていたのである。

烏丸通は京都市三大事業のひとつとして拡幅された、駅正面の大通り。

今、彼が立っているところから北を望めば、カーブを描き途絶えては見えるが、今宮通まで続いている。

南には、すぐ目の前に京都タワーが清々しくそびえ立つ。

そして、さらに駅を挟んで久世橋通までが烏丸通となっている。

烏丸通は多くの銀行や企業が建ち並ぶビジネス街として、まさに京都市の南北を結ぶメインストリートなのだ。

それを彼自身も自負し、誇りに思っているからこそ、いかに主上(おかみ)といえども、自分に対する仕打ちについては許せないものがあった。

そして、丸太町(まるたまち)に詰め寄ったあの日から数えて数ヶ月経った今でも、その怒りとやるせなさは残り続けていた。

「乱れた精神ではお役目もまかりならない。……場所を変えよう」

己(いまし)を戒めるかのようにひとり呟くと、烏丸はそこから姿を消した。

しかし『姿を消した』と言っても、人間の目には元々彼の姿は視(み)えない。

ただ、通神としての力を使い、瞬間移動したにすぎないのだ。

そして、次に彼がやって来たのは、烏丸四条(しじょう)の交差点。

彼が姿を現した高所からは、東を望めば鴨川(かもがわ)を挟んで八坂(やさか)神社もよく見える。

「なぜ……せめて、私には言ってくれなかったのか……」

現在、どこの通りにも澱(よど)が蔓延(はびこ)っており、それは、彼等通神にとって由々しき事態である。

「……主上に声を荒らげるなど、一度も無かったことなのに」

普段湧き上がることのない『怒り』の言動は、口にした者自身をも驚かせる。

人間でさえ、抑えきれない『怒り』を口にした場合、そうなのだ。

数百年、千年単位で生きている通神の驚きたるや、相当なものである。

そして、その反動で湧き起る自己嫌悪も同様だ。

丸太町のことであるから、なにか考えがあるのだろうということは、彼自身もよくわかっている。

あの日の自分の言動は、身勝手なものだったかもしれない。

心を落ち着かせようと思っても、巡る思考は身の内側を荒立てていた。

そのとき——。

「どうして言ってくれなかったの⁉」

彼の想いに同調するかのような女の声が、耳に入ってきた。

見れば、ひとりの女子高生が友人と思しきもうひとりの少女に、ものすごい剣幕で詰め寄っているのだった。

通りすがりの人々も何事かと、ふたりを横目で見ている。

詰め寄られている方もなにか言い返しているようだったが、気が弱いのか、それとも非を認めているのか、声を荒らげている方に比べれば弱々しい。

そのあとも、ふたりは幾度かの言い合いを繰り返していたが、やがて怒りをぶつけていた方が相手を置いて、ひとりどこかへと去っていった。

置き去りにされた方は、それを追うでもなく立ち尽くしたまま。

その一部始終を見ていた烏丸の中で、この出来事と数ヶ月前の丸太町とのやりとりとが重なった。

あのとき、怒りに任せ、そのまま立ち去った烏丸を、丸太町は引き止めなかったことを――。

今、視線の先にいる彼女は俯き、肩を落としている。

では、あの日、丸太町はどのような顔をしていたのだろうか。

烏丸の中に罪悪感が静かに膨らんでいく。

立ち去っていった少女はどうだろうか。

今は怒りに身を任せて衝動的な行動に走っているが、時が経てば、自分のような思いに苛まれるのではないだろうか。

そんな想いが沸き起こり、放っておけなくなった。

彼は地上に降り立って、去っていった少女を追う。

そして、歩みを進める彼女の背に、あのとき謁見の間を去った自分に言うつもりで、言葉を投げかけていた。

「このままでは、きっと後悔しますよ」と。

すると、烏丸自身もまさかと思う反応が返ってくる。

今、彼は普通の人間の目に見えるような姿にしていない。

しかし。

「え――？」

あどけなさの残るその少女は、烏丸の声に反応して振り返ったのだった。

「ねえ、最後ってどういうこと……？」

突然届いたスマホの通知。別の班のクラスメイトからの『引っ越し前の真理との最後の思い出作り、楽しんでね』というメッセージを見て、私は立ち止まった。

「え……美緒、どうしたの？」

「真理が引っ越しするなんて聞いてない」

「えっと、それは……」

「どうして言ってくれなかったの⁉」

「あの……ごめん」

「私たち、親友じゃなかったの⁉　そう思ってたのは、私だけ⁉」

「違うの、美緒。話を聞いて……？」

「もういい。ちょっと、真理のこと信じられなくなった」

そうして、私が真理の元から立ち去ったのが数分前。

昨日まで、というか、本当にさっきのさっきまでは、すごく楽しかった。

舞妓（まいこ）さんの体験学習では、普段着ることのできない艶やかな着物を着せてもらったし、夜中には先生にバレないように、部屋で遅くまで友達と恋バナとかで盛り上がった。

それは、平々凡々とした私の高校生活の中で、輝く青春の一大イベントとして、記憶の一ページに深く刻まれるはずだった。

そして、なにより楽しみにしていたのが、今日のこの自由行動。

事前にＳＮＳ映えする京都のスイーツ情報をたくさん仕入れ、真理とふたりで時間の許す限り巡るつもりだった。

そうして烏丸通を歩き出したら、すっごくエモいスポットを発見したので、私たちは立ち止まっていたのだ。

「見て。ここらへん、ビジネス街っぽいのに、いきなり古そうな鳥居があるんだけど」

「なんか不思議な感じ。さすが京都じゃない？」

「御手洗井（みたらいい）……へえ、あの奥にあるの、井戸なんだって」

私のスマホにメッセージの着信があったのは、ちょうどそのときだった。

そして、あとは言い合い、というか、一方的に私が怒り散らかして、今というわけだ。

真理は、私に「ごめん」と言った。

でも、私は別に謝ってほしかったわけじゃない。

再び私のスマホが鳴る。

さっきのメッセージをくれたクラスメイトに『私、知らなかったよ』と送ったその返信は、さらに私を絶望させた。

『嘘⁉　みんな知ってると思ってた！』

「え……」

どうやら、知らされてなかったのは私だけのようだ。

「最悪……やっぱり親友だと思ってたの、私だけだったんだ……あーあ。どっか、景色が綺麗なところに行こっかな」

口に出したところで、もはや返事をしてくれる友人もいない。

虚しさと冷めない怒りとやるせなさと、他にもいろんな感情が毛糸玉みたいに絡まっていく。

どうして？

なんで言ってくれなかったの？

ああ、ダメだ。

一旦落ち着こう。

そう思った私は、ひたすら心を無にして烏丸通を真っ直ぐ歩く。

歩道の脇に、黒い靄（もや）の塊のようなものが見える。

京都に着いたときから、あちこちに見えていたものだ。

「気持ち悪……」

私はそれを、あえて大回り気味に避けて歩く。

これがなにかはわからないけど、もう今は、そんなこともどうでもよかった。

そんな時、私に声をかける人がいた。

「このままでは、きっと後悔しますよ」

「え――？」

周りに人通りは多いのに、なぜか誰かに話しかけられた気がしたのだ。

私は咄嗟（とっさ）に振り返る。

その瞬間、時が止まった――。

三メートルほど離れた場所に、誰よりも目を引く派手な和服の男性がひとり、真っ直ぐこちらに視線を送り、立っていることに。

しかし、行き交う人々は、まるでそこに誰も存在していないかのように、彼のことを気に留めてはいない。

そのあまりにも整った顔立ちを見て、『息をのむ』っていう表現は、きっと今みたいなときに使うんだろうなと思った。いわゆるイケメンが私を見ているのだ。

（……これって、運命……？）

いやいやいや、全然現実味がない。なんなら相手もぽかんと口を開けている。

そっちから声をかけてきたくせに、変な人だ。

もしかしたら、さっきの私たちのやりとりを見ていたのかもしれない。

だとしたら、かなりお節介な人だ。

「あなたは……？」

イケメンは我に返ったような反応をし、そのままずんずんと私の方に近付いてきた。

私はなぜか、その場所から動けずにいる。

そして、どこまで近付いてくるのかと思えば、彼はピタリと私の目の前で立ち止まったのだ。

（っ……。近距離で見ればますますイケメンじゃん……）

男性アイドルとか若手俳優とかも、生で見たらこんな感じなのかもしれない。

すると、イケメンがじっとこちらを見て言った。

「本当に……私が視えているのですか？」

混乱している私は、ただ訊かれたことに素直に何度も頷くことしかできない。

そうしたら、みるみるうちにイケメンは顔を綻（ほころ）ばせて、満面の笑みとなる。

この場合、どうしたらいいんだろう……。

ひとまず、距離を置こう——そう考えた私が、一歩後ずさったその瞬間。

イケメンは私の手を取り、突然声高らかに呪文のような言葉を言い放った。

「通仕る！」

その瞬間、私の視界に入っている彼の背後の景色が変化していく。

それはまるで、それまでの背景を台紙にして、その上から別の景色が描かれたジグソーパズルのピースを次々とはめ込んでいくみたいに。

それまであったビルやアスファルトの道路はすっかり無くなり、時代劇を思わせる純和風の建物や大正モダンみたいな景色も混在する、不思議な場所へと変化していったのだ。

周囲にあんなにいたはずの人々も、そこにはいない。

ただ、道の形だけは同じで、どの時代なのかはわからないけど、ここがさっきまでいた烏丸通であるということだけはわかる。

「ちょっと待ってよ。これ、どういうこと⁉」

「ここは京。そして、あなたは神和だと思われます」

「意味わかんない⁉」

「突然お連れしてしまって申し訳ありません。詳しい説明をさせていただきたいので、一緒に来ていただけますか」

謝るくらいなら急に連れて来ないでよ、とも思う。

だけど、不思議と誠実さは伝わってくる。

状況的にはかなりおかしなことになっているが、景色が変わるという非現実的な体験をしてしまったため、ありのままを受け入れざるを得ない。

そして、これもなぜだかわからないのだけど、悪いようにはならないだろうという根拠の無い安心感もある。

「集合時間もあるし、そんなに時間がかからないんだったら、別にいいけど」

すると、イケメンはソツの無い流れるような所作で一礼した。

どうせ嫌な気分のまま、ひとりぼっちだったんだ。

気分転換になるなら、なんだっていい。

なんてことをいろいろ考えていると——。

「では、失礼」

「ひゃあっ！」

変な声が出た。

だって、いきなりこの人は私のことを抱え上げてしまったのだから。

これは、世に言うお姫様抱っこというやつだ！

「なっ、なんで⁉」

焦った私は、膝から下をバタバタさせる。

しかし彼の腕は逞しく、私を軽々と抱えたままびくともしない。

重くないものかとも思ったが、むしろ余裕さえ感じられる。

「こちらの世界に来るときに、はじめから目的地へ移動すればよかったのですが、私も動揺していましたので。あなたにご足労させてしまうのは忍びありませんから、お運び致します」

「だ、だからって！」

自分の顔がみるみるうちに熱くなっていくのがわかる。

しかし、イケメンはまったく気にしていない様子で、悠々と歩き出す。

「あ、まだ名乗っておりませんでしたね。私は烏丸と申します」

「わっ、私は――」

ご丁寧に自己紹介を返す必要もなさそうなものだけど、混乱していた私は自分の名前を答えようとした。

だけど――。

「……あれ？」

自分の名前が思い出せない。

いくらパニック状態だって、そんなの忘れようもないはずなのに。

まるで、自分の拠り所がひとつ消えてしまったような感覚。

急に心細さを感じた私は、思わず烏丸さんの着物の袖をぎゅっと掴んだ。

「……どうやら、そういうもののようです。詳しいことは後ほど説明しますが」

「……そういうものって、言われても……」

「さて、目的地まではまだ少々あります。急ぐので掴まっていてくださいね」

そう言うと、烏丸さんは歩みの速度を上げた。

だけど、揺れたりなんてこともなく、その腕に抱えられながら、私は徐々に平静を取り戻していった——。


あれから、烏丸さんに連れてこられたのは立派なお屋敷。

東西御殿というらしい。

その中の一室、つまり、今いるここは、私の視線の先、縁側に座っている四条さんの部屋だと先ほど聞いた。

四条さんっていうのは、烏丸さんによると、東西組というチームかなにかのまとめ役……リーダー的な人らしい。

ところで、こちらも恐ろしいほどにイケメンである。

プラチナブロンドの長い髪を無造作に流し、一部だけをロールアップのように上げている。

海をそのまま溶かし込んだような青色メインの瞳は、とても綺麗。

現役女子高校生としてはぜひ、離れて座っていてもわかるほど艶々な髪のキューティクルを保つ秘訣を聞きたいところ。

あ、思考がそれた。

ここはどこなのかという最初の質問は、つまり、この部屋のことを聞いたのではない。

だが、それはふたりもわかっているようだった。

「説明が足りませんでしたね」

四条さんの傍に座る烏丸さんが、優しく微笑む。

「ここは京──人間の世界とは表裏の関係で対となる、通神の住む世界です」

「通神……？」

「私たちのことです。あなたと出会った烏丸通、その通りの化身が私。そして、ここにいる四条も同様に」

「えっと……」

ちょっと理解が追い付かない。

なんだろう、このあり得なすぎる状況は。

いくら神秘的な街・京都に来たからって、神様に会うとか普通考えられる⁉

でも、異世界にまで連れて来られてしまった以上、信じるしかない。

「なんで、私、そんな」

頭の中が『?』マークでいっぱいなおかげで、出てくる言葉は要領を得ない。

だけど、そんな私に対し、彼等は丁寧に説明してくれる。

「通神は通常、普通の人間には視えません。しかし、あなたは私のことが視えた」

「これは神和――烏丸が河原町(かわらまち)を問い詰めて聞いた、人間の特徴と一致するな」

「そうです。そして今、神和を私たちは必要としているのです」

「そなたは、通りのそこかしこを蝕む澱――黒い靄のようなものを見たか?」

「あ……あの、なんか気持ち悪いモヤなら、京都中で見たけど」

「そう、それが澱だ。澱が通りに蔓延(まんえん)することによって、我等通神は記憶の一部を失い、力も弱まる。そして、いずれは京都にも恐ろしいことが起こると聞いている」

「それ、早くどうにかした方がいいやつじゃん！　記憶を失くすなんてすごく悲しいし、それに、京都に恐ろしいことが起こるって、そんなの絶対ダメだって！」

普通の意見のつもりだった。

だってあんな気持ち悪いの、昨日今日で初めて視た私でさえ、近寄りたくもなければ視界にすら入れたくないシロモノなのだから。

だけど、そうしたら、話は思わぬ方向に転がってしまう。

「そうなのです。だから私たちと共に、浄化の儀式を行ってほしいのです」

「はぁぁ!?」

『浄歩(じょうほ)』と呼ばれるその儀式は、神和と通神が一緒に通りを歩くというものだ。つまり、そなたがおらねば始まらぬ。どうか我等の願い、聞き入れてはくれぬか」

ふたりはじっとこちらを見つめてくる。

でも彼等の事情を聞けば、気持ちはわからないでもない。

「あのう……神和って他にはいないわけ？」

「数ヶ月探して回りましたが、出会ったのはあなただけです」

「そっか……」

この神様たちが視える人間って、そんなにレアなんだ。

それにはちょっと優越感を覚える。

私の中で、協力してあげてもいいかなという気持ちが勝ち始めていた。

「うん、いいよ。やってあげる」

「え？」

烏丸さんが少し意外そうな顔をした。

四条さんも同様だ。

「いいのですか？」

「……いいと言ってくれるなら、我等も助かる」

でも、ふたりがホッとしたような表情を見せてくれたので、私はすでにいいことをしたような気持ちになった。

「その代わり、集合時間までだからね」

「ご安心ください。その辺りは神和のお役目が終われば、こちらで融通を利かせられますから」

「そう。だったら交渉成立」

正直、どうして融通が利くのかはわからなかったけど、そこは神様が相手である。

烏丸さんの言う通り、きっと、どうにでもなるのだろう。

それに、自由時間も、今となってはどうせひとりぼっち。

だから、神様の役に立つことで少しでも気晴らしになるのだったら、これ以上のことは無い。

「そうだ。せめてもの礼として、浄化が終われば、京都の中でそなたの望みの場所へ連れて行ってやろう」

四条さんの提案に、私はピクリと反応する。

すると、烏丸さんも四条さんに乗っかった。

「それはいいですね。どこか行きたい場所はありますか？　私としては、一度食べればやみつきになる、はも天のお店がおすすめですが」

「京生麩（きょうなまふ）の味噌田楽（みそでんがく）の店も捨てがたいぞ」

ふたりとも、名案だとばかりに頷きながら私を見る。

心なしか、私の回答をわくわくしながら待っているような……。

でもそれ、ふたりが食べたいやつでしょ、きっと。

「私は……おいしいスイーツが食べたい」

「スイーツですか……」

「甘味ということだな」

あ、もしかして、ちょっとがっかりした？

どこでもいいって言ったのに。

そっか、大人の男性って、甘いものにあんまり興味無い人の方が多いのかな？

「スイーツも、京都には名店が多いですからね。大丈夫、お任せください」

「御池(おいけ)に聞けば、詳しいであろうな」

あ、ふたりとも明らかに取り繕ってる。

でも、どうやらスイーツに詳しい人もいるみたい。

御池……っていうのも、通神さまなんだよね？

きっと他にもたくさんいるんだろうな。

通りの神様って言ってたから、きっとその数だけ。

私はいつのまにか、彼等にものすごく興味が湧いていた。

そしてその分、神和のお役目に対するモチベーションも上がっていった。

「でも、ふたりの紹介してくれるお店も気になるから、時間があったら、味噌田楽やはも天も行こう？」

「そうですね！」

「まことに美味だからな、あの店は」

私がフォローを入れると、ふたりは本当に嬉しそうに笑い合った。

それを見て、私は不覚にも「かわいい」と思ってしまう。

男性アイドルが、テレビ番組とかでわちゃわちゃしてるのを見てるのに似てる感覚。

だけど、四条さんはすぐに真面目な顔付きに戻った。

「では、さっそく浄歩を行うか」

「いや……待ってください」

烏丸さんもシリアス顔。

なんだかちょっと、緊張してる……？

「さすがに、主上に話を通しておかなければまずいでしょう」

「……うむ」

四条さんの纏う空気も、一瞬張り詰める。

「主上って？」

私は単純な疑問を投げかけた。

だって、さっきここに来るときに、四条さんは東西組のリーダーだって聞いた。

そんな四条さんと仲よくしているんだから、烏丸さんだって偉いんだろう。

でも、そんなふたりが話を通さなきゃいけない人って……？

「東西組と、私がまとめ役を担っている南北組、そのすべての通神の……長のような方と言えば、わかりやすいですかね」

「すごく偉い神様だ」

「まあ、大体そんなところだ」

そう聞いたら私も少し、ふたりの緊張感が伝染してしまった。

「……行きましょう」

そうして、私はこのふたりの通神に促されるまま、その偉い神様のところへと向かうこととなった。

でも、さすがに今度は、お姫様抱っこは丁重にお断りした。

「……ねえ」

主上——丸太町という名前の通神らしい——の屋敷に向かう道中。

私は無言に耐え切れなくて、前を歩くふたりの背中に声をかけた。

「なんでしょう」

ふたりとも立ち止まって振り向いたけど、答えたのは烏丸さんだった。

「丸太町さんって、そんなに怖い神様なの？」

烏丸さんはきょとんとした顔を見せる。

「なんか……ふたりともすっごいピリピリしてるから。そうなのかなって」

「……そんなことはありませんよ。とても穏やかで、思慮深い方です」

「じゃあ、なんで？」

すると、烏丸さんは少し切なそうな目をして言った。

「少々……気まずくなるようなことがありましてね」

「それってどんな？　今から会いに行くんだったら、仲直りもしちゃった方がいいよ。相談乗るからさ」

「実は……これから行う浄歩の儀式ですが、私たちには内密にされていたのです」

「それで我らは、主上にその理由を問い詰め、その勢いで謁見の間を出て行った。だが、解せぬものは解せぬ。我の怒りはまだ収まってはおらん」

四条さんも、険しい表情を浮かべて言った。

その声は、押し殺すような怒気を孕(はら)む低いもの。

「今思えば、主上のことですから、なにか考えがあったのでしょうが……なぜ、と思わずにはいられなかったのです」

　胸が、ぎゅっと締め付けられるような感覚を覚えた。

　なんだか、自分のことを言われているような気がしたから。

「……同じだ」

「え？」

「私もそう。親友の真理が、引っ越すことを私にだけ内緒にしてて。それがわかって、一方的に捲し立てて」

「……そうでしたか」

　烏丸さんも、一層切なげな様子で目を伏せた。

　そっか。

　だからあのとき、烏丸さんは自分と重ねて、私に声をかけてくれたんだね。

「だけど、ごめんなさい。だったら、簡単に仲直りなんてできないよね。信頼してた相手だったらなおさら。私、軽率なこと言った」

「いえ、……行きましょう。丸太町屋敷はもうすぐです」

　そうして、私たちは余計に重苦しい空気になったまま再び歩き出した。

「わかった。浄歩を認めよう」

結論として、丸太町さんは、私たちが拍子抜けするほどあっさり許可を出してくれた。

私の目から見ても、四条さんと烏丸さんが戸惑っているのはよくわかる。

ちなみに丸太町さんは、外国人みたいに綺麗な髪と目をした少年だった。

といっても、猫のお面を被っていたから、顔はわからない。表情が読めないとも言う。

「本当にいいのですね」

烏丸さんが、確かめるように言う。

「……なんじゃ、認めると言っておろう？」

「このようにあっさり認めるのならば、最初からそうしてくれればいいものを」

「主上、この間の問いには必ず答えていただきます」

四条さんはまだ怒っているって、言ってたもんね……。

だけど、訳を聞いてから、傍（はた）から見ているとハラハラとした。

すると、丸太町さんは目を伏せて、しばらく考えるような素振りを見せると、再び口を開く。

「……そうじゃな。そのときが来たら、必ず話すとしよう。四条、烏丸、よき神和と出会ったのう。浄歩の成功を祈っておるぞ」

穏やかな微笑みを湛える丸太町さん。

この場にさっきまであった、ピンと張りつめたような緊張感はもはや無く、優しい空気に包まれていた。

「神和、四条、行きましょう」

こうして、許しを得た私たちは、いよいよ浄歩を行うため屋敷を出発する。

そうそう、出がけに綾小路(あやのこうじ)さん——丸太町さんの後ろにずっと座っていた方だ——が、烏丸さんになにかを渡していた。

訊いてみると、浄歩について詳しく書かれた書物らしい。

あと、綾小路さんは、ふたりにこんなことも言っていた。

「主上は、誰よりも私たちのことを一番に考えてくださっております。そのことをお忘れなきよう」と。

きっと、烏丸さんや四条さんだって、それくらいわかっているんだろう。

だけど、さっき四条さんは「このようにあっさり認めるのならば、最初からそうしてくれればいいものを」と言った。

本心では、たぶんモヤモヤしたものが残っているはずだ。

でも、私が口を出すべきことではないから、ふたりの影を落としたような表情は見て見ぬ振りをした。

烏丸通の北端、教会のある今宮通との交差点。

今、人間の世界の京都に戻った私たちは、このスタート地点に立っていた。

最初に出会ったのが烏丸さんだったから、こちらを先に浄化すると、通神ふたりの相談で決めたようだ。

綾小路さんから受け取った書物を読み終えた烏丸さんが、四条さんに話しかける。

「四条、私が手本になりますから、よく見ておいてくださいね」

「ほう。大きく出たものだな」

「それはそうですよ。あなたは時折、抜けたところがありますから」

「人のことを言えたものか。そなたこそ、せっかちな性格だ。先を急ぐあまり瑕を見落とさぬよう、気を付けるのだな」

「さすがですね。自身を棚に上げて忠言とは」

お、なんだなんだ。

烏丸さんと四条さんが、互いに穏やかな口調と作り笑顔ではあるが、皮肉っぽいことを言い合っている。

ただの仲よしというわけではなく、もしかしたら、ちょっとした競争意識みたいなのがあるのかもしれない。

ライバル、みたいな。

そういえば、それぞれ東西組と南北組のリーダーだって言っていた。

そんなふうに、私が微笑ましくふたりの様子をニヤニヤと眺めていると、その視線に気付いたふたりは、少し照れたような反応をして取り繕った。

「し、失礼しました。それでは参りましょうか」

「ふふっ、ケンカするほど、仲がいいってやつだね」

「いや、その……東西組とはいろいろとありまして」

「ほらほら、さっさと浄歩、しちゃおうよ」

「わかりました。では」

私は、まだなにか言いたげな烏丸さんを急かす。

すると、烏丸さんは私に片手を差し出した。

それはまるで、おとぎ話の王子様が姫にダンスを申し込むみたいに。

「えっと……握手？」

「いや、こちらに書いてあるのですが、浄歩の儀式というのは、通神と神和が手を繋いで行うものなのです」

「え、ちょマジで？　聞いてないんだけど！」

「ええ。今はじめて言いましたから」

「クラスメイトに見られたらどうすんの！」

「普通の人間に私は視えません」

「うっ……そ、そうだけど」

私が狼狽えていると、後ろから四条さんのプレッシャーがかかる。

「烏丸。いつになったら手本を見せてくれるというのだ」

「しかし、神和にもきちんと理解していただかなくては」

「あーもう。わかったよ。やります、やります！」

男の人と……しかも、こんなカッコいい烏丸さんと手を繋ぐなんて、今まで生きてきた中で一番緊張する。でも、繋がないと始まらない――。

「はい、これでいいんでしょ！」

「よろしくお願い致しますね」

私が差し出された手を握ると、烏丸さんはにっこりと笑い、優しく握り返した。烏丸さんの手は少しひんやりしていて、緊張していた私を冷静に戻してくれる。一悶着あったけど、こうして、ようやく私たちは南に向かって浄歩をスタートしたのだった。

歩きながら、烏丸さんは浄歩のやり方について教えてくれた。

と言っても、方法はすごく簡単。

通りにある澱を見つけて、烏丸さんが書物に挟まれていた浄化札を持ちながら念じるだけでいいらしい。

私は手を繋いでるだけ。

そう考えると、まあ、気は楽だ。

近場で見つけた澱を三つ四つ浄化すると、要領はだいたい掴めてきた。

すると、こっちも雑談する余裕が出てくる。

「いろいろあったって、四条さんとはどれくらい一緒にいるの？」

烏丸さんも穏やかな口調で雑談に応じてくれる。

「四条通と烏丸通は同じ年にできましたから……ざっと千年は」

「そんなに⁉ てことは年齢も千才以上ってこと⁉」

「そうですよ」

なんとなく神様って、お爺さんみたいな見た目のイメージがあったから、そりゃ若い神様もいるよなーって思ってたりしたんだけど、通神は私の想像を遥かに超えてきた。

「なんか……急に遠い存在なんだって実感してきた」

「確かに烏丸通はビジネス街ですから、観光客とは縁が薄いかもしれませんね」

「いや、そういう意味じゃなくて。いや、千年だと思ってなかったから、ずっとタメ口きいちゃってたけど……すいません」

「ああ、そちらでしたか。気にすることはありませんよ。親しみがあっていいじゃないですか」

「まあ、いいなら、このままで」

いろいろあったっていうのは、きっといろいろなんだ。楽しいことも、逆に嫌なこととか気に入らないことがあってもおかしくない。

「じゃあ、烏丸さん……いつか四条さんと皮肉っぽい言い合いじゃなくて、なんのわだかまりもなく笑い合える日が来たらいいね」

「……お気遣い、ありがとうございます。神和は他者の幸せを願うことができる人なのですね」

「ひゃっ……（か、烏丸さん……ってば……）」

この至近距離で、さりげなく褒めてきつつ笑顔のコンボは最強すぎる！

「ほら、左手側を見てください。ここが御所のある京都御苑ですよ」

「へえ。なんか烏丸さん、ガイドさんみたい」

「さすがに、御所を忘れていたわけではありませんが、徐々にいろいろと思い出してきて、不思議な気分なのです……言葉となって口にしたくなるのですよ。点と点が線で繋がっていくのを確認するような感覚です」

「よかった！　記憶が戻ってきてるってことよね⁉」

「はい。浄化が進んでいる証拠でしょう。例えば右手に見える護王（ごおう）神社。和気清麻呂（わけのきよまろ）が九州の宇佐に配流された際、道鏡が送り込んだ刺客から、三百頭のイノシシが彼を救ったという伝説が残っています。だから、ここの狛犬はイノシシなんですよ」

「へぇ、おもしろい！」

「こういうちょっとしたことでも、忘れてしまうと、その部分だけ自分が失われてしまっているようで、気持ちが悪かったのです。だから埋まると、とてもしっくりきます」

こうやって、わかりやすく成果が出ると、やる気もさらに上がってくる。

私の勉強も、このくらいさくさく成果が出ればいいなと、ふと思う。

「烏丸通ってさ、なんか京都の顔みたいな通りなんだもんね。だったら、やっぱり綺麗にしておかなきゃ。ね！　四条さんもそう思うでしょ？」

あえて後ろに振ってみる。

すると、彼も穏やかな笑顔で答えてくれた。

「そうだな。烏丸通は京都の中心を担っていると言っても過言ではない。我としても、この通りが末永く清らかであるのはよきことだと思うておる」

あ、烏丸さんが答えに困ってる。

だんだんわかってきた。このふたり、リスペクトし合ってはいるんだ。

いろいろあった、と口では言っていても。

そして、烏丸さんもそうだが、四条さんも、負けず劣らず結構茶目っ気があることに気付く。

　本当だったら照れちゃって言わないようなことも、真顔で言っちゃうんだもん。それが決して意地悪な感じではなく、貴族の戯れのように見える辺り、やはり、この人たちは神様なんだなぁと思ったりもする。

「四条さんのことも知ってるよ。確か、八坂神社と松尾大社を繋ぐ通りなんだよね」

「左様。我は八坂さんから松尾さんまでを結んでおる。とりわけ祇園祭ともなれば、我が通りも烏丸通も、人一倍の賑わいとなる」

「あ、なんか聞いたことあるよ、そのお祭り」

「とても盛大なお祭りなので、いつかぜひ、いらしてみてください」

お祭りの話題になると、さっきまで微妙な顔をしていた烏丸さんも乗っかってくる。さすがは神様だ。お祭りが大好きなんだね。

「必ず行くね。私、約束したらちゃーんと守るタイプだから！」

　繋いでいるのとは反対の手でガッツポーズを見せると、ふたりは嬉しそうに笑ってくれた。

　そうして四条烏丸の交差点にやって来ると、後ろから声がかかった。

「では、我はこの辺りで一旦別れることにする」

「おや、いいのですか？」

「浄歩のやり方はわかった。八坂神社西楼門の前にて気を整えながら待つゆえ、そちらの浄歩が終わり次第来るがいい」

「かしこまりました」

「待っててね。ぱーっと終わらせちゃうから！」

すると四条さんは、東に向かって歩いていった。

その背を見送りながら、烏丸さんが言う。

「あんなこと言って、おそらく彼はあらかじめ、ここまでの澱のある場所を把握しておくつもりなのですよ」

「へえ、優しいんだ」

「では、私たちも先を進みましょう」

烏丸さんに促されて、私たちは再び澱を捜索しながら歩みを進めた——。


浄歩はおおむね順調だった。

京都タワーを望みつつ東本願寺の横を通り、さらに京都駅を南側に渡る。

九条（くじょう）通、十条（じゅうじょう）通と。もちろん見逃すことなく澱を浄化していきながら。

そうして、ついに烏丸通の南の終着点・久世橋通に到着すると、烏丸さんが持っていた浄化札になにやら模様……のようなものが浮かび上がってきて、輝きを帯び始める。

そして札が、バシューッと空に飛んで見えなくなった。

「どうやら……これで浄歩が完了したようです」

「よかった！　それで、烏丸さんにはなんか変わった実感とか、ある？」

「実感……というか、また記憶が戻ってきました」

「どんな？」

「……主上とのことです」

どんな思い出だろう。

聞くのは失礼だろうか。

そんなことを考えたりもしたけど、やっぱり気になったので、一度だけ尋ねてみることにする。

言い淀んだら深追いはしないと、自分に戒めをかけて。

「どんな記憶？」

「ふふっ……言うに及ばないほどの他愛もない記憶ですよ。宴席での冗談だったり、共に楽しんだ祇園祭だったり……他にも」

「なに？」

「私が主上に見つけていただいたときのことも」

「見つけて？」

「ええ。共に京都の安寧を祈らないか、とお誘いをいただきましてね。あの頃はまだ通りも、私自身も幼く、小さかった」

おお、小さかった頃の烏丸さんは、きっと美少年だったに違いない。

その頃の姿も見てみたかったな。

まあ、千年くらい前の話みたいだから、どう転んでも見る術は無かったわけだけど。

すると、烏丸さんに後ろを向くよう促される。

目の前には、さっきまで歩いてきた道。

「澱のまったく見えない、清廉な通り。この景色はあなたによって導かれたのですよ」

「すごい……気持ちがいいね」

浄歩の最中は意外と神経を使って歩いていたから、四条さんに話しかける以外で後ろを振り返ることは無かった。

だからこんなにも、烏丸通が隅々まで澄んだ空気で満ちた晴れやかな通りになっていたなんて、気付いてなかったんだ。

他の人たちからしたら、特に変化なんて感じられないだろう。

でも、澱が見える私たちにとっては、雲泥の差だった。

この後、四条さんの通りも同じように浄化する。

誰かのために頑張れるって、やっぱりとても気持ちがいいことだと思った。

「では、四条も待っているでしょうし、急ぎましょう」

「あ、お姫様抱っこは無しですよ！ 他の人が見たら、私が浮いてるみたいになっちゃいますから」

「ええ。そんなことをせずとも、烏丸通でしたら――」

景色が変わった。

あれ、ここはさっき四条さんと別れた四条烏丸の交差点⁉

これって瞬間移動ってやつ⁉

「ここからは歩きですが、八坂神社まではすぐですよ」

「うん、行こう！」

私たちは四条さんの待っているという八坂神社の西楼門へ、意気揚々と向かった――。

「よく参った、我が四条通へ」

「それじゃあ、始めましょう！」

四条さんは西楼門の石段下に立ち、私たちを待っていた。

私は、相手から手を差し出されると照れるから、自分から四条さんの手を取り、握る。

「うむ。しかし、疲れてはいないか？ 日に2条やらねばならぬというのは、なかなか骨が折れるもの。少し休憩を挟んでもいいのだぞ」

「大丈夫だって！　私、若いから体力だけはあるもん」

「心強いな。ならば参ろうではないか」

こうして、さっそく歩き出す。

烏丸さんが今度は後ろから付いてくる。

四条通はさっきも言った通り、ここから松尾大社まで。

烏丸通に負けず劣らず、なかなかに長い道のりだ。

それにしても、わかってはいたことだけど、周囲を見回すと観光客が多い。

「お土産屋さん、いっぱいだね。見て回りたい！」

「そうだな。浄歩が終われば、それも叶おう」

「あはは、そうだね。頑張らなきゃ。あっ、あそこ！」

人通りが多く賑やかということは、その分、澱も溜まりやすいというのは、烏丸さんのときに学んだことだ。

私は四条さんの手を引き、澱に向かおうと……して、立ち止まった。

身体に緊張が走る。

「どうした？」

四条さんにも手から伝わってしまった。

喉が引き攣る。

上手く答えられない。

視線も、釘づけになったままそらせない。

頭の中が、心が、どす黒い嫌な気持ちで染まっていく。

心配して近付いてきた烏丸さんが、視界の端で、私が視ている先になにが……誰がいるのか気付いたみたいで、ハッとした表情になる。

でも、私はどうしたらいいのかわからない。

そう。私の視線の先。お土産屋さんで商品を見ているのはあの子。

――真理だった。

私が一方的に捲し立てて、その後どうしていたかなんて考えてもいなかったけど、考えずとも、答えは向こうから見せつけられてしまった。

もうさっきのことなんて忘れてしまったみたいに、他の子たちと笑いながらお土産を選んだりしてる。

私のことなんて、どうでもよかったんだ。

「私だってもう……真理のことなんかどうでもいいよ。真理なんか……親友だなんて思ってた私が馬鹿だったんだ！」

「神和ッッ！」

「えっ、なに!?」

四条さんの叫びに、ハッとして我に返る。

気付けば、私の視界は真っ黒な靄で覆われていたのだ。

これはさっき見つけた澱。

でも、こんなに大きなものじゃなかった。

これはもしかして、私のマイナス感情を吸ったから——⁉

「通仕る！」

四条さんが叫んだ。すると空気が凛と張り詰めるのを感じた。

がらり。

視界がまるで襖（ふすま）を開けたみたいにスクロールしていき、その向こうには京の四条通の風景が広がった。

烏丸さんのときとはちょっと違う、世界の切り替え方に戸惑いを覚える。

その瞬間、力強い手が私の腕を掴み、誰かが私を引き寄せる……。

すると、黒い靄の中に飲み込まれそうになっていた私の身体は、軽々と後ろに弾き飛ばされ、すっぽりと四条さんの胸の中に抱きとめられた。

「あの……これは……？」

「書物にも記してあった。澱の成長した姿……澱闇（よどやみ）だ」

私の感情が、澱を成長させてしまった。

きっと、これは揺るぎの無い事実なんだろう。

だってタイミング的にも、そうとしか考えられなかった。

「ごめんなさい……私のせいだ……」

膝がガクガクと震えて止まらない。

誰かのためになんて言っていたのに、その正反対のことをしてしまった。

その責任の重さに、今になって気付く。

私は、ただケンカ別れした友達に出会ってしまっただけで、四条さんの通りの浄化を台無しにしてしまったのだ。

「神和よ。己を責めるでない」

「でも……」

「よい。よいのだ。人は脆（もろ）く、傷付きやすい。だが、それでいいのだ。だからこそ、他者の痛みにも気付くことができる。労（いた）わることもできる。その美点は、多少の澱を生み出そうと補って余りある。なればこそ、我らは日々安寧を祈るのだ。人の世のために」

「そうかもしれないけど……こんな……」

私は、目から熱いものが込み上げてくるのを感じた。

本当は、誰も傷付けたくなかった。

自分自身だって傷付きたくなかったけど、そのために誰かを傷付けていいなんてことは無いことくらいはわかってた。

「私、嫌な子だ……」

「そうではない。己を責めるでない。そなたが憤ったのもまた事実。だが、その原因に目を向ければ、また違った真実が見えてくるはず――真実とは、一つではないのだから」

「あ……」

虚飾が剥がれ落ち、むき出しになった心に、四条さんの言葉は砂漠で見つけたオアシスの水のようによく沁みた。

気持ちが少しずつ整っていく。

そうだ。今すべきは、自暴自棄でも自己嫌悪でもない。

そして、それに気付かせてくれた彼にすべきことも、謝罪じゃない。

「……ありがとう、四条さん。私、わかったよ」

「うむ、よい返事だ」

「神和、正気に戻りましたか。では、あの澱闇を」

なんということだろう。

彼等はこんなピンチでも、私の心身を最優先に考えていてくれたんだ。

四条さんは私に付きっきりでいてくれたし、烏丸さんは澱闇に向けて、なにやら印籠(いんろう)に付いた鈴を鳴らしている。

　すると、地面から水が吹き出して、キラキラとした壁になり、澱闇から吹き出す黒い靄を防いでくれていた。

　あの能力も、浄歩が終わったから取り戻したものなのかもしれない。

「あれを……浄化するの？　どうやって……」

「澱闇となっても、基本的には変わらないらしい。我と神和で協力すれば」

「待ってください。動き出します！」

　見れば、澱闇はじわりじわりと移動していた。

「澱闇は浄化しようとすると抵抗するそうです。四条、神和、気を付けてください」

「でも待って。あの澱闇、私たちからどんどん離れていくよ？」

「こちらへ来ない⁉」

　烏丸さんも驚いている。

　四条さんも眉間の皺を深くして澱闇を注視する。

「では……どこへ」

「四条、あれを！」

「バカな……なぜ！」

　私も目を疑った。

　澱闇の向かっているその先に、どういうわけか真理がいたのだから。

普通の人間が京に来たことによる影響だろうか。

気を失って地面に倒れている。

「どうして、京に真理がいるの⁉」

弾かれたように烏丸さんが駆け出す。

「神和の感情と結びついたか——？」

京へ移動する呪文を唱えた四条さんにも、理由はわからないらしい。

だが、そのとき。

低い声がその場に響いた。

「——それだけではない。その子らは悪しき方角よりこの地に来た。なればこそ、この地に澱闇を生んでしまった。非才は忌むべき旅人を戒めねばならぬ」

「この声は、まさか」

ぼう……と目の前に古い木の鳥居が現れる。

そして、その奥にある小さな祠(ほこら)の観音開きの扉が開く。

すると、その扉の奥から、謎のお兄さんがスッと現れた。

「歳破神(さいはしん)様ッ」

「あのお兄さんも通神？」

「いや、あの方は我々とは違う神だ」

「……違う神様……」

真理という第三者どころか、第四者まで現れた状況に若干混乱しながらも、その第四者の殺気に気が付いた。

歳破神と呼ばれた神様が、忌々(いまいま)しげにこちらを睨んでいる。

「あの方は八将神(はっしょうじん)という、方位を司る神のひとりだ」

「でも、すごく怒ってるよ……」

「あの方々も我らと同じく、京都を大切に想っていらっしゃる。だが、必ずしも我らと同じ筋道を歩むとは限らぬ」

「わかりやすく言うと……ソリが合わぬ。特にあの、歳破神様とはな」

「ダメじゃん！」

思わず叫んでしまった。

それに、見るからに強そうな雰囲気を醸し出している。

これは相当ヤバい状況なのでは……？

「ソリが合わぬ……か。おとなしくその娘を引き渡せ」

「そうはいかぬ」

「ならば奪うまで」

人を助けてくれる神様もいれば、人を排除しに来る神様もいるんだ。

真理が澱闇に襲われようとしているのに、歳破神は私に向かってくる。

その手には、武器と思しき棒。

すごい勢いでこちらに振り下ろしてきた！

すると、私の両肩を力強い手が掴み、後ろに退かせてくれる四条さん。

ガキィィイン！

「ほう……。ただ祈るばかりで、まともに動く術を持たぬと思っていたが」

「なに……八坂神社の引きこもりには負けぬ」

棒だと思っていた歳破神の武器は、横笛だった。

そして、四条さんもまた、いつの間にか出していた笛で攻撃を受けていた。

心臓がばくばくと高鳴っているのを感じる。

だけど、頭の中は妙なほど冷静だった。

私に襲いかかってきた美しくも凶悪な神様の顔は、鍔迫り合いのような形で私を守って
くれる四条さんの身体で見えなくなった。

両者の気迫は、辺りの空気すら振動させている。

「だが、何処まで持つか」

「神和を守り抜くまで……ッッ！」

四条さんが相手を押し返すと、歳破神は自ら後方に跳ね、着地と同時に再び勢いをつけ

て飛びかかってくる。

今度は連打の応酬。

心配なのは、四条さんが防戦一方なことだ。

じわじわと全身が震えてくる。

生まれて初めて自分に向けられた、明確な敵意。

殺意、と言ってもいいかもしれない。

私は息を飲むばかりで、なにもできない。

そういえば、烏丸さんはどうしているだろうか。

私は視線を移す。

すると——。

「ああっ、真理！」

真理に近付いていた澱闇は、ずるずると内側に彼女を引き摺り込もうとしていた。すでに、下半身は真っ黒な澱闇に飲み込まれている。

烏丸さんは真理の身体を持って行かれまいとがんばっていたけれど、それでも、澱闇はお構いなしのようだった。

私は『死』を明確に意識する。

このままでは引っ越しどころか、二度と会えなくなってしまう——。

「嫌……嫌……いやぁぁぁッッ！」

　気付けば、歳破神に狙われていることもすっぽりと抜け落ち、状況も無視して、親友の元へ駆けていた。

「ダメです、あまり近付いてはなりません！」

「でもっ！」

「仕方ありませんね……。中からでしたら、もしかしたら彼女を救い出せるかもしれません。私が行きますから、そこで待っていてください」

　言うが早いか、烏丸さんが澱闇の中に飛び込んでいく。

　……ちりーん。

　そのとき、どこからか鈴の音が鳴る。

　すると、澱闇の内部が仄かに光った。

「今です！　彼女を引っ張ってください」

　私は姿が見えない烏丸さんの声に従い、真理の腕を掴んで引っ張った。

　すると、真理の身体は澱闇の中からずるりと抜けた。

「出てきました！」

「よかった。では、彼女を抱えてすぐに澱闇から離れてください！」

「烏丸さんは⁉」

「大丈夫です。だから、私に構わず安全な場所へ！」

「で、でも！」

絶対嘘だ。

だって、通神の力や記憶を奪うほどのもの。

そんな穢れに直接全身を包まれるなんて、苦痛以外のなにものでもないはずだ。

「早くッッ！」

躊躇する私の背中を、烏丸さんが押す。

そうだ。今やるべきは真理を守ること。

烏丸さんが身を賭して私を守ってくれたように。

私は真理の身体を起こし、腕に力を込めて立ち上がらせた。

そして、引き摺るようにしながら澱闇から離れる。

私よりも小柄だと言っても、気絶している人間はとても重い。

それでも、安全な場所に真理を連れて行ったら、今度は烏丸さんを助けに行かなきゃと思った。

そんなことを考えていると、どこからか笛の音が聞こえてくる。

それは背筋が凍るように禍々しく、不快。

私が音の出所を探して、辺りを見回すと、歳破神がさっきまで振るっていた横笛を吹いていた。

だんだん胸が苦しくなってくる。

真理を支える腕に、脚に、だんだん力が入らなくなっていく。

これも、この音曲の効果らしい。

「音に力を乗せる、か。だが、専売特許だとは思わぬことだ」

四条さんも笛を唇に当てる。

すると、歳破神の音曲に四条さんの音曲が重なり、さらにビュウビュウと強い風が巻き起こる。

そのおかげで少し効果が弱まったのか、苦しみはいくらか緩和された。

四条さんの笛の音は風を操るらしく、歳破神にはかまいたちのような攻撃を繰り出し、私の周囲には風のドームを作って、歳破神の音色を遮ってくれていた。

そうして、ようやく最低限、澱闇と距離を取れたと思えるくらいのところまではやって来る。私は真理を寝かせると、踵(きびす)を返して烏丸さんの元へと走った。

「烏丸さん！　聞こえますか⁉」

「……」

真っ黒な靄の塊の中に向かって叫ぶ。

だけど、返事が無い。

やっぱり、さっき私に言ったことは強がってただけなんだ。

でも、どうすればいい？

彼を引っ張り出すほどの力は無いし、私までこの中に囚われてしまっては本末転倒だ。

万事休す。為す術が無い。

「……このままじゃ烏丸さんが……ああもう、神和とか言って、肝心なところでなんにもできないじゃん！　私も……力が欲しいッッ！」

思わず、心の叫びが口から放たれた。

するとその瞬間、私の周囲がパアッと光で満たされる。

光源は……私の胸の辺りから放たれた。

光は粒となって、やがて私の手の内に集束していく。

手のひらに、曖昧だった感触が、だんだんと物理的なものへと変化していく。

私はそれを握ることができた。

光が集まってできた「それ」は柄となり、さらに伸びていく。

やがて光が晴れたとき、私が持っていたのは装飾が豪華な小刀だった。

それはまるで、本物であることを誇示しているかのようにずっしりと重い。

「これは……？」

「それはおそらく書物にあった祝華というもの。そなたの力となるものだ！」

強いられる。

「そうだ。それならば、澱闇をどうにかすることもできるやもしれぬ！」

四条さんが笛から口を離し、急ぎ叫んで説明してくれた。

しかしその間、歳破神は音曲を奏で続けているので、彼もすぐにそちらの戦闘に集中を
強いられる。

「澱闇をどうにかできるのは私ひとり……。……やるしかない！」

「神和、我が援護する。……足止めだけならば任せておけ」

そう言いながらも、四条さんは苦しそうだ。

歳破神の力は相当なものなのだろう。

彼が抑え込んでくれている間に、なんとかしなければ。

私は小刀を鞘から抜く。

その刃は瑞々しい輝きを帯びていた。

私は、手にしたときから、どういうわけかこれの使い方を知っている。

柄を逆手に持ち替えて、改めて私の中に芽生えた意志を言葉にした。

「烏丸さんと四条さんを助けるんだ！」

そして、その場で腰の回転も加えて一気に振り切った――！

刹那――その一閃は空気を切り裂き、鋭い衝撃波となって澱闇に飛んでいく。

「いっけえええッッ！」

バシュッッ！

現役高校生の体力をありったけ込めた一撃。

その大きく膨れ上がった靄の集合体を下段から斜めに斬り上げた後、上下に分かたれた澱闇は、塵（ちり）となってシュウシュウと消滅していく。

その中から現れたのは、烏丸さんだった。

空中でさらに放たれた衝撃波は、それだけに留まらず、四条さんの起こす風に巻き込まれる形で弧を描く。

それが歳破神の笛にまでバチンと当たり、笛に大きな亀裂を作ったのだった。

「馬鹿な……」

歳破神も驚愕している。

あんなふうに傷付いてしまったら、もはやその笛が正しい音を奏でられないことくらいは、素人目に見たってわかる。

私は得意気に「フンッ」と鼻を鳴らして、胸を張った。

それを見て、歳破神は心底悔しそうにギリギリと奥歯を噛み締めている。

「クッ……。そう何度もこのような結果に導けるものではない……」

そう言うと、歳破神は現れたときと同じように鳥居を呼び出し、その奥の祠の中に吸い込まれるように入っていった。

　こうして、勝利したと確信できた私は、一気に緊張感から解放され、全身の力が抜けてその場にへたり込んでしまった。

「烏丸さんは――」

「ご安心ください。あなたのおかげで助かりました」

　見上げると、そこにはいつも通りの笑顔を浮かべた烏丸さんが立っていた。

「歳破神は……？」

「笛のこともあるのでしょうけれど、澱闇が浄化された以上、彼等八将神の矜持として、人間に害を為すことは許されなかったのでしょう」

「そういえば、あの笛……怒ってないかな……？」

「大丈夫ですよ。あの程度ならば時間と共に直りますから」

「そっか……よかった……」

　神様の大切なものを傷付けてしまったっていう事実は、やっぱり怖かったから、ちょっと安心した。

「今回の活躍に感謝する、神和」

　四条さんも疲れた顔で、こっちにやってきた。

　そりゃあ、あんなにすごい戦いをしてたんだから当然だ。

でも、怪我とかは無いみたいでホッとした。

「あっ、真理は⁉」

私は脱力し切っていたその足に、再び活を入れて立ち上がり、彼女のところへ駆け寄った。

相変わらず、気絶したまま。

だけど、呼吸はしているみたい。

その姿は眠っているようですらある。

私は不安の視線を、通神ふたりに向ける。

「普通の人間は、京や私たちを視ることができません。京都に連れて帰ってやれば、元通りに目覚めるはずです」

「そう、よかった……」

そして彼女に視線を移すと、真理の右手がなにかを握りしめていることに気付く。

京都に戻る際に落としてはいけない。

ポケットにでもしまってあげよう。

そう思って手のひらを開けると、握られていたのはふたつの揃いのキーホルダーだった。

組み紐があしらわれた和風でオシャレなデザイン。

私は気になり、手に取ってまじまじと見る。

そこには文字が刻まれていた。

ひとつには「真理」。

もうひとつは……まるで文字化けしたみたいに読むことができない。

でも……それを見て、私の胸はなんだか切なく、同時に温かくなった。

真理の中で、なにか願掛けをしたのだろうということが伝わってくる。

それが感じられると、私の中で凝り固まっていた思いも次第に融解していった。

「これは……きっと、私に向けられた想いだ」

なぜだかわからないけど、それが自然とわかる。

そうだよね。人を傷付けるつもりで、隠し事なんかするはずないよね。

「真実が……知りたいよ。私が見ていた真実じゃなくて、真理側の真実もあるんだよね？」

「そうですね。今なら、私もそれがわかります」

「ああ、我もだ」

「四条さんとの浄歩が終わったら……真理に聞いてみるよ」

私は、切ない想いを隠すことなく表情に浮かべながら、それでも、今できるとびっきりの笑顔をふたりの通神に向けた――。

——その後。

真理を四条通のバス停のベンチに座らせると、私たちは再び浄歩の続きを行った。

私がやっつけた瀫闇は四条通から集まったものだったみたいで、以降の通りの浄化は拍子抜けするくらい簡単に終わらせることができた。

そうして、長い道のりではあったけど、松尾橋を渡って松尾大社に着いたのは、自由時間終了よりも結構余裕がある二時半を少し回ったくらい。

私たちは烏丸通でもそうだったように、浄化札が光となって飛んでいくのを見届けた。

すると、四条さんはちゃんと約束を覚えていて、ほうじ茶パフェのある和スイーツのお店に連れてきてくれたのだ。

「ありがとう。動いた後の甘いものは最高だね」

「そなたの食べっぷりは可愛らしいものであった」

「もう、四条さん……恥ずかしいなぁ」

「味噌田楽と、はもも天のお店、行けなくてごめんね」

「気にするな」

「神和はこれから真実を確認するのですね」

「うん」

「きっと大丈夫ですよ」

「ありがとう。その……烏丸さんは……主上さまと……」

「ええ、大丈夫です。なぜなら、記憶が戻ったのですから」

烏丸さんもまた私と同じ。たぶん、この浄歩で気が付いた大切なことがある。

大事なのは、『信じる』ことなのだ。『真実』はひとつとは限らない。

私も烏丸さんもその『真実』の扉を、これから叩くことになる。

「じゃあ、またね。私、ふたりのこと絶対に忘れないから」

「神和。それは――」

「四条」

烏丸さんが四条さんを遮る。

そうしたら、四条さんは呆れたような笑顔を見せて口をつぐんだ。

「……どうしたの？」

「……いえ。なんでもありません。どうかお元気で」

烏丸さんがそう言うと、祝華――あの小刀が、私の中から出てきたときのように身体を光で包み込んだ。

そして、視界はホワイトアウトしていき、やがて、意識を手放した。

――誰かに、背中を押された気がした。

——誰かに、大丈夫だと信じてもらえた気がした。

それが誰なのかは、わからない。

「あれ……？　私、寝ていたの？」

烏丸通を歩いていたはずなのに、気付けばバス停のベンチに座っていた。

ベンチ前の標識には『四条通』とある。

これって確か、八坂神社に向かう通りだ。

なにか覚えていたいことがたくさんあった気がしたけれど、頭がぼうっとしていてハッキリしない。

「美緒、大丈夫？」

「あ、うん……」

「私たち、疲れちゃったのかな？　私もここで寝てたのよね」

……なぜか目の前に、ケンカ別れしたはずの真理がいた。

でも、どういうわけか怒りが湧いてくることもなく安心させられて、はてと我に返り、私は首を傾げる。

そうだ。思い出せないけど、私、なんとなくこの子とこのままケンカ別れしちゃうのだけは嫌だって思ったんだ。

「ねえ、美緒」

真理は私の名前を呼ぶ。

その声が、失っていたなにかを取り戻させるようで心地よい。

さあ、がんばれ、私。『真実』はひとつじゃないんでしょ？　あれ？　どうしてそう思うのか……だけど、ここで言わないと、きっと後悔する。

言葉にするだけの力は、この胸の内にある！

「真理、ごめん」

謝罪の言葉は一度口から出してしまえば、あっという間だった。

淀みなく流れていけば、あとは他の言葉もするすると口にできた。

「さっきは、ただ気持ちがぐちゃぐちゃになっちゃって……。その、真理が嫌じゃなければ……引っ越しのこと、なんで私には言ってくれなかったのか、とか……聞かせてくれる……？」

私の言葉に、真理は泣き出した。そして、泣きながら教えてくれた。

引っ越しは、ご両親の仕事の都合だったこと。

お母さんが先に学校に話をしてしまって、どうすることもできなかったこと。

それから学校で、担任の先生から生徒たちにその話があった日、私は風邪を引いて休んでいたこと。

そのためにタイミングを逃したまま、言えなくなってしまっていたこと。

「美緒には絶対、直接言いたかったの。だけど、なかなか言い出せなくて。この修学旅行中には必ず打ち明けようって決めたけど……せめて自由時間くらいはそういうのを抜きにして、楽しい思い出を作りたいなって思って……だから……」

話を聞いて、私は納得した。ちゃんとあった、私の『真実』はここに。

全貌がわかれば、恥ずかしさでいっぱいだ。

勝手に一人だけ悲劇のヒロインぶって、真理が全部悪いと決めつけて、私は見たいものしか見えていなかったのだ。

「本当にごめんね……」

小柄な真理が、私の胸に顔を埋めて泣いている。

私はそんな彼女の頭をポンポンしながら、自分も涙がこぼれた。

「よかったよ……誤解したままお別れにならなくて。それに——仲直りできてよかった」

「私も……美緒とケンカしたままお別れになっちゃったらどうしようって……でも、悪いのは私だから……」

「ううん、違う。悪いのは、私だよ。真理の話をちゃんと聞けば……勝手に怒ってごめん」

私たちは互いに「ごめんね」を何度も繰り返していた。

残りの時間でいい思い出をたくさん作ろうと、私たちは互いの涙をハンカチで拭った。

そして、ことさら明るい声で言った。

「じゃあさ、今からでも約束してたお店、行こう」

ピピピピ、ピピピピ、ピピピピ……。

「あ」

スマホで設定していた自由時間終了を告げるアラームが鳴る。

あまりのタイミングのよさというか悪さというか……。

私が呆然としていると、真理はプッと吹き出した。

だから、私もつられて込み上げてきて、ふたりで声を出して笑い合った。

そして、ひとしきり笑ったあとに、気付いてしまう。

ふたりで一緒にスイーツどころか、お土産だって買えなかったことに。

私が相当がっかりした顔をしていたのだろう。

真理は「そうだ！」と、なにかに気付いてポケットに手を突っ込んだ。

そして、取り出されたのは、キーホルダーだった。

「あのさ、これ……美緒にって買ったんだけど」

「うっそ！　いいの⁉」

「うん。おそろいで私のもあるの」

受け取ると、それは組み紐をあしらったかわいいデザイン。

それは初めて見たはずなのに、頭の片隅で一瞬の既視感を覚えた。

裏を見ると、そこには『みお』と名前が入っている。

「ありがとう！」

居ても立ってもいられなくなった私は、思わず真理を抱きしめた。

すると真理も驚きつつ、嬉しそうに私を抱きしめ返してくれた——。


神和だった少女と、その友人。

四条と烏丸は、そのふたりが仲直りする様子を眺めていた。

「よかったですね、ふたりとも」

「そうだな」

こちらの2条も、穏やかな表情を浮かべている。

だが、四条はなにかを思い出した様子で真剣な顔付きになった。

「……そういえば」

「なんですか？」

「神和との別れのとき、なぜ記憶を失うことを告げようとした我を止めた」

すると、烏丸は視線を遠くに投げる。

「我はてっきり、そなたとの浄歩中に伝えてあるものと思っていたが」

「彼女は一時的とはいえ、大切なものを失った状態で京に来ましたから。私たちとの記憶も失うことが前提であったとは、知らせたくありませんでした」

「そなた……存外不器用なのだな」

そう言って四条は苦笑した。

その反応に、烏丸は肩をすくめてみせる。

「主上とのことはどうする。約束は果たされると思うか？」

「果たしてくださると信じます」

「ほう。殊勝になったものではないか」

「今のあの子たちの姿を見れば、信じられます。貴方だってそうでしょう？」

「ああ。主上にも『真実』はあると信じたいものだな」

烏丸の問いに対し、四条は同意を込めて微笑んだ。

そんな彼等の耳に、少女たちの声が飛び込んでくる。

「ねえ、真理。ひとつ提案があるんだけど」

「なに？」

「もしよかったら、来年、またさ、京都に来ない？　祇園祭に来てみたいんだぁ」

彼女は自分でも、どうしてこんなことを思い付いたのかわからなかった。

だが、不思議とそこには必然がある気がしていた。

「いいね。自由時間のやり直しだ」

「そうそう、やり直し。約束だよ」

そう言って明るく笑いながら手を繋ぎ、浄歩のように歩いていくふたり。

四条と烏丸は、そんな彼女たちの背中をいつまでも見送っていた——。

事納め　エピローグ

約束が果たされる時は、思いのほか早くやってきた。

それはまるで、烏丸と四条の会話を聞いていたかのように。

神和を見送った彼等は今、浄歩完了の報告をするため、丸太町屋敷を訪れていた。

謁見の間にはすでに丸太町・綾小路も揃っている。

「２条もの大路の浄化、大儀であった」

その表情を見れば、丸太町が上機嫌なのは誰の目にも明らかだ。

各通りの安寧を保つことにおいて、日々、それに関する懸念と向き合い、通神の幸福を願う彼のことを想えば、その言葉も表情も本心から出ているものだということは、明白である。

だがそれでも、烏丸はある種の緊張感を抱えていた。

事の始まりを考えれば、それも仕方の無いことである。

座している彼は深々と頭を下げ、口を開く。

「河原町浄化後の一件、主上に声を荒らげ詰め寄ったばかりか、そのまま去った非礼。心よりお詫び申し上げます」

すると四条もそれに倣い、黙して伏した。

「よいのじゃ。今思えば、わたくしもそなたらの心にもっと寄り添うべきであった」

「いえ……主上は十分に寄り添ってくださっています。それなのに、私は……」

「面を上げてほしい。何か、思い出したかの」

「……はい」

主上の確信に近い聞き方に、烏丸は顔を上げて答えた。

丸太町はそれを聞くと、目を細める。

それは、烏丸が彼に出会った頃と変わらない、穏やかで優しさに満ちた、情を知る顔だった。

「私が……主上に見つけていただいたときのことを」

彼は順を追って話し始める。

今回出会った神和のこと。

彼女と同じように、一時の己は物事を見たいようにしか見れていなかったこと。

それなのに、人間である彼女がそれを克服し、歳破神をも退けるほどの力を発揮したこと。

自分もそれに感化されたこと。

そうして取り戻した記憶——主上と交わした言葉の数々。

それらは今も、己が通神として在り続けるために深く根付くものだったこと。

「それを私は思い出すことができました。それがなにより嬉しいのです」

「よい縁に巡り合えたようじゃな」

「はい。神和には感謝しております」

丸太町と烏丸の視線が交錯する。

「ただ……どうしても聞いておきたいことがあります」

「わかっておる……わたくしも約束は守ろう」

しかし烏丸・四条が感じている緊張とは異なり、丸太町は猫の面の奥で慈しみに満ちた温かい目をしていた。

今、丸太町の眼前には、彼が知る迷いの無い烏丸が戻ってきている。

どこまでも澄み切った瞳からそうであると思え、懐かしく感じていた。

「わたくしがなぜ、取り決めを逸脱してまで、人間と手を組むことにしたのか、であったな」

「はい」

丸太町は、言葉を選びながら、しかし大胆に本題を切り出した。

「……まず、この行いが最善であるとは、わたくしも思っておらぬ。じゃから、この浄歩の方法が永久の指針でないことは理解してほしい。ただ、この方法しかなく、取り急ぎ澱の蔓延を食い止めたくての……決して、烏丸や四条を蔑ろにしておったわけではない」

「わかりました。ですが一連の件で私は、通神は人と共にある存在だとも改めて実感しました。互いに協力し合い、京都を守る。それが続けばどんなによいことかとも」

「うむ」

浄歩を経て実感を伴った烏丸の言葉には、丸太町も頷くしかない。

「京都が澱で溢れ、災いをもたらすのは本意でない。八将神の不穏な動きも、また同じこと。ですが……おそらく彼等は、また浄歩の前に立ちはだかることでしょう。此度、それを乗り越えられたのもまた、神和のおかげです」

「わかっておる」

目的は同じでも過程が異なる事象など、人間の世であろうと神々の世であろうと、山ほど存在するのだ。

もちろん、そのことによって、人間である神和を危険に晒すことが本意でないことは、丸太町や烏丸、それ以外の通神すべてに共通して承知している事実である。

犠牲者ありきの策ならば避けるべき——。

これこそが彼等の一貫した見解なのだ。

「それにのう……」

丸太町が目を伏せる。

その表情に見せる影は迷いと憂い。どちらにも揺れて見えた。

「通神によっては、失われた記憶がよきものばかりとも限らぬ」

それは、そうだった。

烏丸にも、後ろで控える四条にも思い当たる節はある。

京都という、この国の歴史の中心を担ってきた通りだからこそ、喜ばしい出来事も、思わず目を背けたくなるような出来事も存在していたのだ。

烏丸は自身について鑑みる。

本来比べるようなことでもないが、他の通りのことを考えれば、まだ幸福な記憶も多いと言えるだろう。

そのことに思い至ると、彼は余計に自らの配慮の至らなさに気付かされた。

主上はそれほどまでに通神たちそれぞれに目を向けて、思考を巡らしていたのだ。

「人間というのはそもそも寿命が短く、わたくしたちが関わることで、少なからず人生を変えるほどの影響を受ける者もいる。神という立場で言えば、それもひとつの懸念。……じゃが、神和となった人間と共に浄化を進めるこの方法しかないのも、また事実での」

丸太町もまだ迷っていることが、烏丸と四条にも伝わる。

まだ『浄歩』については、試行錯誤している段階なのだ。

だが、こちらの都合で危機は待ってくれず、一刻も早く浄化をしなくてはならない。

そのジレンマから生み出された折衷案（せっちゅうあん）。

それが、今回の浄歩の儀式だったというわけだ。

また、澱の浄化について、あまりにも情報が少ない。

だからこそ、現状を定めきれないというのもあるのだろう。

それゆえに、物事を少しずつ進める必要があった。

それが、自分たちにすら話さずにいた理由だったのだ。

烏丸は痛感した。

　確かに、以前までの自分ならば、浄歩という手段が手に入ったのだから、内密にと言われても、その意をここまで理解せず、主上に食ってかかるという結果には変わりが無かったということに。

　そして、いずれはよかれと思い、周知してしまっていただろうと、容易に想像ができたのだ。

「今しばらくは様子を見つつ、このように少しずつ進めていくのですね」

「うむ。そういうことになる。人間との関わりは最低限としながらも、神和が見つかり次第、縁を持った通神が浄歩を行うとしよう」

「畏（かしこ）まりました」

「四条も、それで納得してくれるか」

「委細承知にて」

「うむ。お前たちには気苦労をかけることになるのう」

「……いえ。むしろこうしてお話していただけて、安心しました。それに私たちの苦労など、主上を思えば比べる余地もありません」

烏丸や四条の力強い返事に、丸太町は心底感服していた。

人間の成長を目の当たりにしたことは、通神にもこれほどまでに影響を与えるものなのだ。

その事実には感動すら覚える。

だからこそ、気を付けねばならない。

通神が自らのため、人間に依存するようになっては本末転倒なのだから。

「では、引き続き頼むぞ」

信頼を含んだ最低限の言葉。

東西・南北、それぞれをまとめる2条には、これだけで十分だった。

彼等は再び首を垂れると、その場を辞して襖(ふすま)が閉ざされた。

それを見送り、丸太町は綾小路も下がらせると、自室に戻り文机(ふづくえ)の前に座す。

「時は進むもの……であるな」

机上には、これまで集まった浄化札。

それらを手にすると、どのようにそれぞれの通りの浄歩がなされたのか、その記録が実感を伴って流れ込んでくる。

だが、澱の浄化が可能になったとて、やはり関わるすべての存在に想いを馳せれば、不安が綺麗さっぱり拭い去られたというわけではないのだ。

実はまだ、彼自身の記憶すら侵されているという事実は、他のどの通神にも伝えていなかった。

そして、丸太町通に発生した、疫病神が現れる前兆である空間の歪み(ゆが)のことも……。

この先、なにが起こるのか。

どうすれば最悪の事態は回避されるのか。

いたずらに不安を煽るようなことだけはしたくない。

丸太町には、まだそれらのことが見通せるだけの材料も手札も揃ってはいなかった。

せめて、これから新たに訪れる日々が、より素晴らしい、幸福な未来へ進むための道筋になるよう祈るばかりである。

「どうかこれからも、あまねく京都の通りに——幸あらんことを」

そうして彼は、手元の浄化札に祈りを捧げるため瞼(まぶた)を閉じた。

お通り男史 豆知識

主上【おかみ】

通神の長。丸太町のこと。丸太町屋敷に綾小路とともに住んでいる。

神和【かんなぎ】

通神をそのままの姿で視ることができる人間。通神と共に浄歩を行い、道を浄化することができる。

祝華【しゅか】

神和の力で具現化した通神とともに戦うことができるアイテム。アイテムは神和によって違い、現代に戻ると実態は無くなり加護を受けた形となり見えなくなる。

浄化【じょうか】

通神が祈りなどで不浄なものを消すこと。

浄化札【じょうかふだ】

浄化された澱や澱闇がおさめられる札。浄化を終えると、丸太町が持つ標帳（しるべちょう）へと封印される。

浄歩【じょうほ】

大昔に行われていた神和と通神がともに通りを歩きながら、通りの不浄なものを浄化する儀式。

図子【ずし】

突き抜けている小道の化身。いつか「通り」に昇格するため修行中。

東西組【とうざいぐみ】

四条をリーダー、御池をサブリーダーとする、東西に走る通りの通神たちの組。京の東西御殿に住まう。1条ずつ部屋があり、個々を尊重している。

通神【とおりがみ】

道（通り）に宿る神様のこと。もとは通りの精だったが、さまざまな要因で化身化され、通神たちの世界「京」に住んでいる。日ごろは現代の世界で通りの安寧を祈るお役目をしている。通常人には見えない存在だが、力を使うと人間に自身の姿を見せることができる。その際、人間には通神は現代の人の服装に見えている。ただ、その通神と接触した人間は、通神と同じ空間から離れると通神とのやり取りの記憶を失ってしまう。

南北組【なんぼくぐみ】
烏丸をリーダー、河原町をサブリーダーとする、南北に走る通りの通神たちの組。京の南北屋敷に住まい、2条ずつの相部屋となっており、先輩通神が後輩通神の面倒を見ている。

八将神【はっしょうじん】
方位の吉凶を司る八つの神の総称。吉報も災いも運ぶ神。その土地に災いが起こらぬよう、人間や通神の行いを監視している。

京【みやこ】
通神たちの住む世界。現代と昔の建物などが入り混じっている世界。通神たちは「通仕る」という言葉で京の好きな場所へ移動することができる。また、番人のいる裏寺町通の門からも行き来することができる。隠れた路地と呼ばれる小道の先からも「京」へと通じる場所がある。

澱【よど】
不浄なもの。人が通りを汚す行為やネガティブな気持ちで生まれるもの。普通の人間には見えないが、神和は視ることができる。

澱闇【よどやみ】
小さな澱が集まり塊になったもの。そのままにしておくと大きくなり、疫病神を呼び寄せてしまう。闇が濃く、生み出した原因によって形が違い、多様性がある。強くなると形としてもはっきりとしてくる。

◆この作品はフィクションです。
実在の人物、団体などには一切関係ありません。

監修
「お通り男史」原作製作委員会
株式会社カフェレオホールディングス、
株式会社ツクリエ、株式会社 one's glory

全体構成・監修　西門檀
小説構成　太田守信、三田理恵子
挿絵　ムラシゲ、三廼、今市阿寒、トミダトモミ

双葉文庫

み-34-01

～はんなり京都～
お通り男史 浄化古伝

2021年6月13日 第1刷発行

【著者】
京大路

【発行者】
島野浩二
【発行所】
株式会社双葉社
〒162-8540 東京都新宿区東五軒町3番28号
［電話］03-5261-4818（営業） 03-5261-4851（編集）
www.futabasha.co.jp（双葉社の書籍・コミックが買えます）
【印刷所】
中央精版印刷株式会社
【製本所】
中央精版印刷株式会社

【フォーマット・デザイン】
日下潤一

ISBN978-4-575-52481-9 C0193
Printed in Japan

FUTABA BUNKO

神様たちのお伊勢参り

竹村優希

恋人も仕事も失い、伊勢神宮に神頼みにやってきた谷原芽衣。事もあろうか、駅から内宮に向かう途中に有り金を盗られた芽衣は、泥棒を追いかけて迷い込んだ内宮の裏の山中で謎の青年・天と出会う。一文無しで帰る家もないこともあり、天の経営する宿『やおろず』で働くことになった芽衣だが、予約帳に載っているのは市杵島姫や磐鹿六雁など聞きなれない名前ばかり。なんと『やおろず』は、お伊勢参りにやってくる日本中の神様御用達のお宿だった!?

発行・株式会社　双葉社

FUTABA BUNKO

出雲のあやかしホテルに就職します

硝子町玻璃
Garasumachi Hari

女子大生の時町見初は、幼い頃から「あやかし」や「幽霊」が見える特殊な力を持っていた。誰にも言えない力を抱え、苦悩することも多かった彼女だが、現在最も頭を悩ましている問題は、自身の就職活動だった。受けれども受けれども、面接は連戦連敗。まさに、お先真っ黒。しかしそんな時、大学の就職支援センターが、ある求人票を見初に紹介する。それは幽霊が出るとの噂が絶えない、出雲の曰くつきホテルの求人で――。「妖怪」や「神様」たちが泊まりにくる出雲のホテルを舞台にした、笑って泣けるあやかしドラマ!!

発行・株式会社　双葉社

FUTABA BUNKO

京都の甘味処は神様専用です

桑野和明

両親が亡くなり、姉の住む京都に引っ越した高校生の天野瑞樹。ある日、観光で西本願寺を訪れた瑞樹は、見知らぬ少年に『甘露堂』という甘味処まで荷物を運ぶのを手伝ってほしい、と頼まれる。甘露堂へたどり着き荷物を開けると、「ナリソコナイ」と呼ばれる黒い玉が出てきて、店内を食い散らかしてしまう。修繕費を弁償するため甘露堂でアルバイトをすることになった瑞樹だが、そこはなんと神様専用の甘味処で!?

発行・株式会社　双葉社